鹅湖韵

毕征深 ◎ 著

敦煌文艺出版社

图书在版编目（CIP）数据

雁湖声韵 / 毕征深著. -- 兰州：敦煌文艺出版社，2020.10（2022.1重印）
ISBN 978-7-5468-1978-5

Ⅰ．①雁… Ⅱ．①毕… Ⅲ．①诗集－中国－当代 Ⅳ．①I227

中国版本图书馆CIP数据核字（2020）第191352号

雁湖声韵

毕征深 著

责任编辑：尚再宗
装帧设计：苏金虎
敦煌文艺出版社出版、发行
本社地址：（730030）兰州市城关区曹家巷1号
本社邮箱：dunhuangwenyi1958@163.com
0931-8159371（编辑部）　　0931-8773112（发行部）

天津海德伟业印务有限公司印刷
开本880毫米×1230毫米　1/32　印张8.875　插页3　字数90千
2021年1月第1版　　2022年1月第2次印刷
印数：1 601~3 600册

ISBN 978-7-5468-1978-5
定价：46.00元

如发现印装质量问题，影响阅读，请与出版社联系调换。

本书所有内容经作者同意授权，并许可使用。
未经同意，不得以任何形式复制转载。

為人民服務

邯鄲市人民法院
李鐵英
一九九五年七月

两袖清风外
世上一身正气
为人

化深同志正
乙亥年 张军 书

★《题尚钧鹏春江鸭嬉图》诗配图

★ 《题徐丽雄狮画》诗配图

◆编辑委员会：

周继圣　　邢新军　　李百敏　　李本刚
姜　涌　　张卿芸　　张　艳

他用诗歌见证着这个时代

——读毕征深诗词集

温奉桥

中国历来被誉为诗的国度,这里的"诗"主要指旧体诗(也包括"词")。

"五四"以后,旧体诗词运交华盖,被普遍认为是文学园地中的一颗"臭草",是一种"毒性"重大的"旧文体",属于"铲除务尽"的对象。在其后"新文学"一统天下的文学格局中,旧体诗词更是日渐"形骸"化、边缘化,主要沦为一种民间文类形态,以至20世纪40年代中期柳亚子发出了"旧体诗的命运不出50年"的"预言"。当代以来,由于旧体诗这种体裁"束缚思想,又不易学",和毛泽东说"不宜在年轻人中提倡",当代作家中写旧体诗的就更少了。

虽然旧体诗词的创作日渐衰落,但是,作为一种文类形态,其脉络并未断绝。众所周知,现代作家鲁迅、周作人、柳亚子、郁达夫、张恨水、田汉等都是旧体诗的名家。毛泽东、朱德、陈毅、郭沫若等老一辈革命家,也写过不少旧体诗词。新时期以来,随着思想解放的洪流,加之毛泽东"旧体诗要发展,要

改革，一万年也打不倒"谈话的发表，一时间，各种旧体诗团体纷纷成立，旧体诗创作迎来了一个新的历史时期。但是，就整体而言，旧体诗并没有在文坛上产生大的影响，特别是年轻一代，对这种文体相对陌生，很多所谓"旧体诗"，实为非驴非马，更多的则是应和酬答之作。20世纪90年代以来，伴随着"传统文化热""国学热"的兴起，旧体诗词创作也不断升温，旧体诗词"入史"问题，重新成为人们思考和关注的热点，甚至周啸天教授的旧体诗词集《将进茶——周啸天诗词选》获得了第六届鲁迅文学奖，引发广泛关注。近日，读到毕征深先生的旧体诗词集，不觉眼前一亮，读来甚觉畅快。

旧体诗词与社会、生活、时代的关系，一直是旧体诗词创作面临的一个问题。创新是一切艺术形式当然也是旧体诗词的命脉所系，但是如何创新，如何重塑旧体诗词的艺术魅力，从而赋予旧体诗词新的生命力，又不是一个简单问题。毕征深通过他的旧体诗词创作，对旧体诗词的创新问题进行了富有个性的思考和探索，为当代旧体诗词的发展提供了新的借鉴和启悟，也提供了新的可能性。

毕征深并不是所谓专业诗人，因而，他的旧体诗词创作少了一些学院派的雕琢和雅致，多了一些自然和纯朴的气息，可以说，他是用整个心灵来写诗，他用语言建构自己的诗词世界，同时，他更用心灵拥抱、歌咏着这个时代。毕征深的旧体诗词创作，既是个人心灵的低语，更是时代前进的浩歌。别林斯基

序 言

曾说:"任何伟大的诗人之所以伟大,是因为他的痛苦和幸福深深植根于社会和历史的土壤里,他从而成为社会、时代以及人类的代表和喉舌。"诗歌从来就不是孤立的精神现象,而是诗人从内在自我出发,与社会、时代的深度对话与沟通,离开了生活,诗也就成了无源之水,无本之木。

毕征深旧体诗词立足现实,书写现实,表现了对当下社会的强烈介入感。毕征深退休前是一名政法系统的领导干部,是很多历史事件的见证者、在场者,同时也是书写者、歌咏者。毕征深关注现实,关注时代发展的脉搏,通过旧体诗词创作,完成了对时代和现实的"介入"。更重要的是,诗人自觉将生命意识与诗歌创作联系在一起,触摸着个人与时代交织起来的密集蛛网,记录着生活中的悲欢离合,反思着个体生命与时代洪流之复杂脉动,这是毕征深旧体诗词的可贵之处。诗歌不仅培育着我们的心灵,也应该成为我们时代的眼睛,发现时代洪流中的生活细节。旧体诗词创作如果疏离现实,也就疏离了读者,变成了一种纯粹个体性的自娱自乐。毕征深的诗词展现了开阔的生活视野,几乎涵盖了现实生活的方方面面,在一定意义上,毕征深的旧体诗词实为现实生活的记录和缩影。

其次,毕征深拓展了旧体诗词的表现视域,并给这种传统文体注入了当代性、日常性美感体验。毕征深诗词创作题材广泛,视野开阔,既涉及当代重大政治历史事件,更兼具怀乡、游历、友情、亲情等主题,也有抒写生活中的小情趣、小感悟、

小发现，表达的是当代人鲜活的生命体验，可谓"旧体"不"旧"。旧体诗词要写出新意，并不是容易的事，这个新意不仅表现在思想情感上，也要表现在语言形式上。毕征深在表达日常生活经验时，更多采用的是当代生活的日常语汇，诗人擅用口语、浅语、日常语来表达深意境雅情致，反而耐人寻味，显然，本质上这不是语言技巧问题，而是源自一种辽阔和自信。旧体诗词如何表现日常生活，表达诗人世俗生命体验，反映诗人与时代的内在构建，从而唤醒我们内心深处的情感认同和共鸣，是毕征深旧体诗词创作自觉直面的课题。毕征深旧体诗词的魅力，很大程度上在于他表现的是现实"活人"的生活，是"活人"的生活、情感和心灵，例如"埋头探迹频寻找，挥汗弯腰还理裳"（《红岛蛤蜊节赶海》），"与妈淡定长通话，仪态从容辞旧床"（《〈四〉入院》）等，素朴的日常语言，散发着浓郁的生活气息，因而，他的旧体诗词无论是情感和语言，都深具活性，具有鲜明的时代感。古人云："诗缘情而绮靡"，诗的本质是情感的产物，毕征深的旧体诗词，有感而发，不伪饰，不做作，有生趣，有新意。例如，"融情热抱寻羞面，尽醉坦诚如过年。"（《黄岛相聚老友》）。还有，毕征深的旧体诗词，擅长以小见大，境界高远，例如《乙未寒食祭》："新绿添坟前日雨，长烟续火后来人"，《梦桑梓》："呱呱生诞地，念念顽皮岗。辗转青丝迹，旋忽白发霜。"将个人化情感升华为一种普遍性生命意识，丰富了诗歌的意蕴内涵。

第三，风格多样，众体兼备。风格多样化是毕征深旧体诗词的显著特点，其旧体诗词或幽凝典雅，或朴素自然，或雄奇阔大，或精细入微，或辞采丰润，或风骨高秀，既有"坚贞赴继英灵血，激越驰骋红色天"的慷慨激越（《建党九十年抒怀》），也有"千年荡漾碧波长，对话海天意未央"的幽深渺远（《登琅琊台》）；既有"举目残缺兴古意，望眺遗迹忆流年"的兴味感怀（《胶南齐长城怀古》），也有"馥郁和风幽谧境，禅怀凡意慰平生。"的散淡超越（《春日湛山寺》）；既有《感怀》中的"岁月从容纷万绪，晚霞着韵味独迷"的深情执著，也有《雨夜茶趣》之"悠然徐泡今春叶，静谧轻吟唐宋诗"的安宁洒脱。旧体诗词是最具形式感的文体，旧体诗词本身即是"有意味的形式"，形式构成了其重要的审美维度。毕征深的旧体诗词形式多样，单就其中的旧体诗而言，就包含了五言、七言，律诗、绝句等，几乎囊括了旧体诗的各类文体形式，这在当代旧体诗创作中是少见的。

传统诗词讲究格调、意境和神韵，对平仄、用典和对仗都有其严格规范。坦率地说，毕征深的旧体诗词在这方面略感不足。但瑕不掩瑜，我们感受更深的是毕征深对旧体诗词所怀有的热忱，以及为旧体诗词的发展而进行的不懈探索，特别是为生活为时代歌与呼的崇高信仰，令人感动，感佩。

旧体诗词创作，本质是戴着"镣铐"跳舞，但是毕征深"舞"出了个性，"舞"出了精彩，也"舞"出了一片新天地。作家

王蒙曾说,中国传统诗词是一株中华文化巨树。毕先生的诗作,为中华文化这棵"巨树",再添新枝。

我于旧体诗词创作是个完全的门外汉。毕征深旧体诗词即将出版,以此表示由衷祝贺。

是为序。

(温奉桥,中国海洋大学文学与新闻传播学院教授、博士生导师,青岛市文艺评论家协会主席。)

序言

从实招来
——我与旧体诗的"因缘"

毕征深

作为一名在政法战线上工作几十年的"老兵",说实话,此刻我有一种不真实感,或者用现在的话说,有一种"穿越"感,因为此前我从未想到有一天会与诗歌特别是旧体诗词发生联系。

然而,凡事都有"因缘"。刚退休那几年,只想着尽快把身体调整好,以弥补多年来对家庭的缺失和遗憾,可以说是毫无"杂念"。然而一个偶然的机会,竟拉近了我与诗神"缪斯"的距离,让我走近了旧体诗词这一迷人而又神奇的艺术世界,并被其深深吸引。那是二〇一〇年的春天,几个书画界的朋友约我同游青岛城阳毛公山,酒兴正酣,有朋友提出,到了毛公山,不能没有表示:能写的写,能画的画,能唱的唱……然而,我既不会写,又不会画,也不能唱,无奈之下只好乘着酒兴编了八句顺口溜,这就是我的旧体诗"处女作"。

说来也怪,毛公山之后,旧体诗的种子就这样毫无缘由而又自然而然埋在了我的心底。只要是种子,总要发芽,开始几年,

出于热情和小小的虚荣，八句四句堆积在一起，其实连打油诗也不是，不知韵律，遑论平仄？后幸有专家指点，逐渐阅读了一些古文经典、唐诗宋词，也读了一些与音律有关的书籍，并不时向专家请教，逐渐积聚了一些底气和信心，日积月累，渐渐有了这些习作。

这些习作主要是我退休后十来年所见、所闻、所感、所思的记录，兴之所至，往往不拘形式和体裁，什么律诗、绝句，甚至有的近乎白描速写，这也是不专业的标志。在这个过程中，有不合平仄音律的烦恼，也有词不达意的纠结，我不但慢慢懂得了古人"吟安一个字，拈断数茎须"的不易，也更体味到了"文章本天成，妙手偶得之"的乐趣。这些习作不但记录了我的生活点滴，更拓展了我的生活视域，丰富了我的生命体验，我必须坦率地说，尽管舞文弄墨尤其是旧体诗并非我所长，但我始终有一种自觉，那就是抒发情志，充实自我，传承文化，弘扬正气，至于习作是否实现了这一愿望，还请读者朋友评判。

说实话，我写这些诗词的时候，从来没有想到有一天要出版。旧体诗在我心目中既是"女神"，神秘而遥远，更是一位挚友，一位可以促膝长谈、无话不谈的老朋友，是我生命中不可或缺的一部分。后来，时间长了，写得多了，朋友们便鼓励我结集出版，我也只是哈哈一笑，并未当真。最近，热心朋友们认真地张罗起了"诗集"的事，并提出要实行倒计时。挚友、知名书法家、青岛市政府外事办原副主任李汝敏先生更是将自己多

序言

年来在山东大学、青岛大学教书、著述积累的经验相传授,提出了中肯切实可行的方略,同时书录水调歌头一词,可谓谋行合一。青岛大学教授、博士生导师、国学院院长宫泉久先生亦介绍了对明清以来胶东地区著名诗词大家以及家族文化传承的研究成果,令人开阔视野,加深了诗言志和发乎情、止乎礼义的理解认知。我正好借此机会,重新返顾、检视一下近十年来的创作,部分诗词重新进行了修改、删节、核定。其实,这部不成样子的所谓诗集,更多的是对生活的纪念,也是对生命的挽留。我爱诗词,更爱生活!我愿意在这里郑重地说一句话:感谢生活!感谢时代!

法国著名雕塑家罗丹说过:"世界上并不缺少美,而是缺少发现美的眼睛",诚哉斯言。自从学诗以来,我深深感到生活中处处充满了诗意,充满了诗情,可以说生活无处不诗歌。然而,面对这本小诗集,我感到更多的不是喜悦,而是遗憾。与生活和时代的洪流相比,我这本小诗集实在是太不够了,甚至连一朵小小的浪花都算不上。然而,无论是喜悦还是遗憾,都是对生命的见证和纪念。

诗集的顺利出版,离不开相关领导、前辈和朋友们的真诚帮助与支持。在此深情地感谢他们!

感谢耄耋前辈李成恩世叔的悉心引导、殷切叮咛、鼓励。

感谢青岛市委原副书记徐世甫地宏观指导、细节关心和支持。

感谢著名书法家、青岛市书法家协会原主席贺中祥先生欣然命笔题写本集书名。

感谢中国海洋大学教授、博士生导师、青岛市文艺评论家协会主席温奉桥先生为本诗集作序，评语真挚、精到，为我指明了今后的努力方向。

感谢中国海洋大学教授、汉语艺术语言学者周继圣先生，主持编委工作又朗诵、吟咏诗词，使本作增强了艺术感染力。

感谢昌邑市原副市长陆崇顺先生，会同昌邑博物馆、摄影家协会，搜集查阅相关资料给予的倾情相助。

感谢昌邑市文山诗书社社长窦在章先生，主持本书中部分诗词的入刊发表。

感谢所有爱我护我的各位领导和朋友的真挚付出。

写诗是人类一切活动中"最纯真"的活动，我虽然年逾古稀，但是我仍愿意怀着一颗"纯真"的心，向着诗词王国眺望……

2020 年 8 月 10 日　青岛

目录

◆ 醒狮归来

水调歌头 / 003

醒狮归来 / 005

人间缚虎 / 005

寄情毛公山（二首）/ 006

青岛太平山俯览 / 007

青岛奥帆基地 / 007

题康有为青岛故居 / 008

新中国70周年大庆 / 009

中国海军节青岛阅兵 / 009

中国共产党建党九十四周年寄怀 / 010

宜居城阳 / 010

建党九十年抒怀 / 011

重访宇院长 / 012

抗日战争胜利七十周年阅兵庆典 / 013

十八届三中全会寄怀 / 013

一带一路 / 014

琅琊台 / 014

登琅琊台 / 015

安阳殷墟记 / 015

胶南齐长城怀古 / 016

读"台儿庄"古城摄影集 / 016

观仰口日寇侵华罪证石刻感怀 / 017

夏夜城阳 / 017

史思 / 018

动车基地参观有感 / 018

赤子归 / 019

庚子重阳 / 019

为蓝色经济区市长会议在青岛召开而作 / 020

蝉路 / 020

秋蝉 / 021

读《左传·郑伯克段于鄢》 / 021

踏莎行·钓岛 / 022

刊载落马官员领刑偶记 / 022

贪官落马 / 023

八一建军节之恋 / 023

十六字令三首 / 024

经历新冠瘟疫 / 025

青岛医疗队驰赴武汉疫区救援 / 025

聂树斌被冤杀廿年昭雪 / 026

目 录

贺中国东风导弹，隐形战机横空出世 / 026

足球中国 / 027

"八一"感怀 / 027

青岛上合峰会 / 028

九九登山沐重阳 / 028

春日湛山寺 / 029

庚子中秋、国庆同日 / 029

◆故土泥香

角兰古村赋 / 033

为昌邑（又名都昌）文山诗社而作 / 037

捧读世叔成恩及祖孙三代诗书画集 / 037

停放爆竹过新年 / 039

戊戌清明祭 / 039

乙未纪年 / 040

乙未寒食祭 / 040

十六字令·乡聚 / 041

回故乡 / 041

大姐西归 / 042

除夕请坟 / 042

己亥春节即景赠宗亲 / 043

蛇年春节归乡雪 / 043

蛇年春祝 / 044

- 003 -

梦桑梓 / 044

渤海湾头赞故乡 / 045

乡思 / 045

故乡七老青岛会 / 046

除夕将近，偶记二首 / 047

感言故乡七老青岛会 / 048

◆ 古风遗迹

谒童真宫 / 051

汉代康成书院遗址 / 051

谒田横景观 / 052

崂山 / 052

小青岛 / 053

崂山道教 / 053

崂山白云洞 / 054

崂山巨峰顶 / 054

小鱼山 / 055

避暑山庄 / 055

前海栈桥 / 056

蔚竹庵 / 056

忆华楼 / 057

端午思 / 057

端午 / 058

目 录

太平宫 / 058

小年 / 059

贺元宵 / 059

田横记 / 060

过黄鹤楼 / 060

印象武当山 / 061

感受武当山 / 061

庚寅重阳 / 062

庚寅中秋月 / 062

庚寅中秋寄友 / 063

石老人 / 063

题红岛高家青云宫 / 064

兔年辞灶欢聚 / 064

流亭先贤胡峄阳 / 065

题海云庵糖球会 / 065

青岛劈柴院 / 066

即墨雄崖所 / 066

渔祖祭 / 067

元宵乐 / 068

青岛即墨周戈庄祭海节 / 068

过田横 / 069

北京定都峰览胜 / 069

怀念军营 / 070

雁湖声韵

端午屈原 / 070

七夕 / 071

中秋月 / 071

仲秋雨 / 072

财神节 / 072

神游三清山 / 073

壬辰仲秋寄怀 / 073

行吟东北之旅 / 074

黑龙江五大连池 / 074

呼伦贝尔草原寄思 / 075

林间聆听《钗头凤》 / 075

赠友人 / 076

草原情 / 076

立秋日 / 077

青岛夏夜景观——啤酒风情 / 77

印象八大关 / 078

读贾主任元宵诗赋怀 / 078

乙未中秋月 / 079

◆ 游 历

即墨崂山游 / 083

神游桃花潭 / 083

悦庐吟 / 084

目　录

崂峰之巅后山游 / 084

江南行 / 085

江南水乡枫泾镇 / 085

美食太湖边 / 086

武夷戏球茗茶 / 086

南国菜花黄 / 087

晴日元旦 / 087

青岛世园会邻竹子庵 / 088

江南黄花 / 088

春绿 / 090

茶家妞 / 090

银杏秋叶八大关 / 091

老友邢新军乔迁莱西姜山 / 091

新军苑 / 092

城阳街头樱花开 / 092

闽西土楼歌 / 093

晨曲 / 093

游张家界 / 094

贺宫溪濂（天山客）画家重返新疆大漠会故友 / 094

东瀛行 / 095

黄山即景 / 095

登富士山 / 096

青岛三浴夏日即兴 / 096

艇游浮山湾即赋 / 097

活春 / 097

池塘 / 098

知音 / 098

采采苯苢（fuyi） / 099

览胜京西永定楼 / 100

青岛之夏 / 100

墅苑林密鸟通灵 / 101

老干聚首宫家村 / 101

忆江南·青岛城阳山村樱桃 / 102

青岛太平路（栈桥西侧）凌高即兴 / 102

青岛植物园南茶北移研究基地即兴 / 103

游黄山新历太平湖景观 / 103

阴霾 / 104

公寓楼苑冬叶飘 / 104

雅聚沙子口港湾 / 105

读水墨三清山巨蟒石画 / 105

登泰山 / 106

菏泽牡丹开 / 106

徽州思 / 107

徽州渔梁坎 / 107

歙县印象 / 108

徽州牌坊 / 108

目　录

寄情青岛航天测控站 / 109

新安江畔 / 109

歙县道中 / 110

烟雨江南行 / 110

胶南珠山杜鹃红 / 112

宜兴竹海吟 / 112

初春雨夹雪 / 113

壶城宜兴访友记 / 113

返岭银河山庄过午赏崂山 / 114

泛舟下龙湾 / 114

王戈庄返岭海上泛舟 / 115

泉心河茶苑览胜 / 115

辛卯信步前海迎国庆 / 116

红岛蛤蜊节赶海 / 116

中秋畅游二龙山 / 117

宫家村葡萄节 / 117

神游桂林四首 / 118

题钱老黄山风光照 / 120

赴鞠哥济南新居 / 120

醉泉城二首 / 121

题钱老云南摄影力作元阳油菜花、梯田照 / 122

采花 / 122

云南丽江 / 123

胶州湾隧道、大桥建成并和友人韵 / 123

雁湖声韵

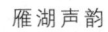

前海雾 / 124

题崂山劈石口 / 124

青岛缘 / 125

樱桃乐 / 126

又赏泉城 / 126

青岛崂山太平宫 / 127

云台山红石峡 / 127

白洋淀 / 128

大寨 / 128

赞红旗渠 / 129

兴至 / 129

庚寅初雪 / 130

十八寨风景保护区 / 130

重过江西婺源李坑村 / 131

崂山云 / 131

前海漫步 / 132

过三峡兴山县明妃故里 / 132

匆行神农架 / 133

三峡咏 / 133

九曲溪漂流 / 134

◆友 情

念挚友 / 137

目 录

如梦令·碧海映天仙境 / 137

端午和友人韵 / 138

重阳聚会记 / 138

问友 / 139

庚寅中秋奉父挚成恩兼怀征沛 / 139

贺友人 / 140

送那女士移民新加坡 / 140

二月二赠友 / 141

故友逢 / 141

偶记 / 142

勉友 / 142

观中韩文化交流展有感 / 143

邀请 / 143

偶感 / 144

为青岛文登路小学八一级同学聚会作 / 144

致友 / 145

答友人 / 145

答友问询 / 146

二月二狗肉朋友聚 / 146

不其新葩 / 147

与友共约 / 147

谷雨会 / 148

春燕归城 / 148

光阴度 / 149

读唐诗王维《送秘书晁监还日本国》 / 149

践行杂言 / 150

黄岛相聚老友 / 151

四位老友来电问候即赋 / 151

酒缘 / 152

小聚 / 152

老友少心 / 153

共勉 / 153

为李本刚老弟赠墨宝而作二首 / 154

家燕归二首 / 155

老同事聚首 / 156

感怀 / 156

万里江茶场送别孙善民 / 157

深春小酌 / 157

入秋 / 158

友赠柘根手杖 / 158

陪北京书法家孙善民先生作客青岛万里江茶场 / 159

赠善民 / 159

城阳饯别善民 / 160

兴至 / 160

送友人 / 161

◆ 舐犊情深

投医北京十首 / 165

弄孙谣八首 / 169

示孙 / 173

冰糕情 / 173

醉花阴·网奴愧（二首）/ 175

天净沙·超脱 / 176

天净沙·怪象 / 176

手机乐 / 177

红楼思 / 177

游戏迷 / 178

上网随记 / 178

网瘾 / 179

◆ 咏 茶

咏茶 / 183

白茶 / 183

黄茶 / 184

颂茶 / 184

饮茶对联 / 185

茶风 / 185

述怀 / 186

茶道 / 186

品茶 / 187

茶功 / 188

茶室 / 188

无题 / 189

新购紫砂"汉壶" / 189

咏宝葫芦壶 / 190

晨曲紫砂壶 / 190

题高红娟女士润竹提梁紫砂壶 / 191

菩提壶 / 191

茶语 / 192

题瓶象眉纹歙砚 / 192

雨夜茶趣 / 193

◆沉 思

记乔冠华章含之之恋 / 197

青岛海边漫思 / 197

青岛商品房 / 198

自嘲心态 / 198

犬死鲜闻 / 199

日本地震 / 199

自嘲 / 200

六字感言 / 200

目 录

心路多少 / 201

读古诗 / 201

遣怀 / 202

万象 / 202

西江月·斥丑 / 203

为袁隆平院士科研水稻新高产而作 / 203

冬至杂感 / 205

偶题 / 205

初八喜雪 / 206

自励 / 206

偶思 / 207

感悟 / 207

惊闻机场刺母 / 208

重看 87 版《西游记》随笔 / 208

诗成二百首寄语 / 209

拔牙记 / 209

人心万象 / 210

人间万象 / 210

自律 / 211

初六喜雪 / 211

处世 / 212

偶成 / 212

《关雎》思 / 213

雁湖声韵

为老伴七十四岁生日而作 / 213

清平乐·贺好友70华诞 / 214

冬恙春愈 / 214

七十生日记 / 215

白领业态 / 215

焉民偶成 / 216

随语养心 / 216

◆ 展会论刊意评

世博开幕式 / 219

记世博开幕式 / 219

世博开幕式外景焰火 / 220

世博印象 / 220

世博安检 / 221

世博广场 / 221

世博展馆 / 222

世博感言 / 222

青岛世博园 / 223

灾过七日祭玉树 / 223

读山西蒲县煤管局案有感 / 224

桂花落 / 224

贵阳九名警官被解职案感言（二首） / 225

北京"天上人间"被封（二首） / 226

目 录

重庆除黑 / 227

感巴黎工人示威游行 / 227

读文强伏法有感 / 228

讽文强 / 228

无题 / 229

药家鑫撞杀人案二审维持极刑 / 229

北非变乱引思美"9.11"十年 / 230

涉案轻生 / 230

烈女 / 231

读日本森本利根画 / 231

西方武力涉政利比亚卡氏政权垮台 / 232

亚非战乱沉思 / 232

南海闹剧 / 233

审美 / 233

德逐美谍 / 234

◆ 和风画意

邢总姜山别墅雅集 / 237

五言古风 / 238

和周教授《喀纳斯湖静思》 / 238

喀纳斯湖静思 / 238

鸿雁 / 239

和周教授《题尚钧鹏春江鸭嬉图》 / 240

四言步韵和孙善民 / 241

与画家姜涌唱和 / 242

和孙善民诗《送青岛友人》 / 243

和马骏先生诗 / 244

丙申寒食祭 / 245

拜读崔世广书作有感 / 246

"山妹"画 / 246

赏荷趣图 / 247

水彩画记 / 247

欣赏爱新觉罗崇嘉画作 / 248

观王宁画作《春江花月夜》 / 248

题徐丽雄狮画 / 249

后记 / 250

醒狮归来

XING SHI GUI LAI

水调歌头

——贺中国海洋大学九十华诞

值中国海洋大学九十周年校庆之际，应邀观瞻，移步豁然，信步校园，思绪万端。更有老友如数家珍，导瞻名人遗迹、雕塑景观、侃侃而谈；挚情殷殷、容颜臻臻。深感其对学校辉煌的自豪与骄傲，对发展的信心和期待。

心为所动，填词一首，以慰情怀。并贺！

绿蔼八关碧，庐室浸园芳。氤氲缭绕幽奥，紫韵慕神张。环宇大家翩至，巨匠蛟龙腾跃，骄子盛名彰。高校滥觞肇，青岛载辉煌。

光阴度，人事易，继轩昂。学术前沿折桂，道义耀高堂。蓝色洪涛涌荡，华夏宏图流彩，笃志启新航。心浪激沧海，情愫动汪洋。

2014 年 9 月

绿树绕讲堂,八闻幽典碧嵒庐室浸园芳宇大
家扁倚尔,至巨匠蛟龙慕神骧张环宇盛
名彰,高校滥觞肇青腾跃骄子
光阴度人,事易继肇轩昂岛跃载骑辉予
沿折桂,道义耀高继堂蓝昂学术洪煌前
激荡华厦,宏图沼彩笃志色启洪涛新
航心浪沧海情

毕征深先生水调歌头贺中国海洋大学九十周年校庆 李海敏书

醒狮归来

式微狮睡兮，荒魅野魂飞。
汗漫波折路，壮哉豪迈归。

2014 年 3 月 28 日

人间缚虎

壮士毅然谋虎衣，英豪矢志缚熊罴。
担当耻弱百年辱，屹立泱泱华夏奇。

2014 年 7 月 30 日

寄情毛公山（二首）

（一）

古村惜福现奇岩，屹立毛公耀海天。
襟魄五洲大统日，轩昂马列践中原。
伟人形象真亦幻，翁媪孩童瞩大观。
造化苍生呈隽秀，民心凝练铸名山。

注：崂山素有中国道教第二丛林、洞天福地之说。毛公山地处崂山西麓惜福镇青峰村。

（二）

黛山红蕾溪水清，草翠莺飞映春明。
万物繁荣凭谁润？百年崛起赖毛公！

2010年4月

醒狮归来

青岛太平山俯览

寥落土居百年前,矛枪锋软木帆船。
数番外辱铭刻骨,五四雄风天地翻。
伟人巨擘开新路,航母劈波振宇寰。
回眸坎坷兴亡路,万丈豪情志更坚。

2015 年 10 月

青岛奥帆基地

赏心悦目浮山湾,玉宇琼楼蓝绿间。
浪漫帆都情寄处,皇冠白塔宝光妍。
心潮涌动千帆竞,惬意引航万里船。
世界旅游尊胜地,东方灿烂日中天。

雁湖声韵

题康有为青岛故居

海色岚风天赐之，寻幽骚墨帝王思。
弄潮变法成追忆，涌浪听涛遗老时。

醒狮归来

新中国 70 周年大庆

炎黄有序，古国泱泱。
历患波折，新华健强。
煌煌盛典，大地铿锵。
骋目寰宇，彩虹贯长。

    2019 年 10 月 1 日

中国海军节青岛阅兵

五四奋声青岛权，百年赴继醒狮还。
今朝潇洒一挥手，旭日映蓝四海天。

    2019 年 4 月 22 日

雁湖声韵

中国共产党建党九十四周年寄怀

弘扬马列善实践,矢志不渝共产党。
荡尽污浊新建国,勇纠错乱改革彰。
卅年开放创奇迹,一路历程初梦偿。
凝聚中华奔大业,腾飞如愿慨而慷。

2015 年 7 月 1 日

宜居城阳

美轮美奂墅楼娇,岚色潮风旖旎光。
槐柳桐樱环绿海,居临溪水绕修篁。
民俗淳厚行仁爱,人性朴直秉健强。
历历繁荣殷富地,融融雅趣俊苏杭。

2011 年 9 月 17 日

建党九十年抒怀

奋起列强横霸时,担当积弱历艰难。

坚贞赴继英灵血,激越驰骋红色天。

2011年6月25日

重访宇院长

  1995年7月，时任山东省高级人民法院院长宇培果视察青岛区划新区城阳人民法院新建办公楼工地并听取工作汇报后，欣然命笔留墨迹三幅，内容分别是"为天平增辉"、"执法如山"和"两袖清风处世，一身正气为人"，以兹鼓励。因工作安排紧凑，未带印章，以致延宕至今。欣闻宇院长今夏在青疗养，重展墨宝，浮想联翩，乘兴登门完璧，不胜感慨。赋小诗一首，聊表谢意，并志留念。

    神融笔畅走蛇龙，期许挥毫洒墨浓。
    岁月如梭人代谢，纯情一段月晶莹。
          2011年7月18日

抗日战争胜利七十周年阅兵庆典

疮痍彼域，奄奄膏肓。
回照光返，虫虺齿长。
人心所向，美善荣昌。
环宇逐鹿，政良显彰。
威仪肃穆，英气昂昂。
亮剑豪举，遐昭四方。
雄哉典阅，瞩目泱泱。

2015年9月

十八届三中全会寄怀

五千年礼仪，三百载西风。
欧美光流逝，中华路践行。
富强康正道，繁盛济民生。
毕力为求索，同心博共赢。

2013年11月18日

雁湖声韵

一带一路

艨艟赫赫航四海,漫漫长廊锦绸香。
熊猫结交汗血马,佛陀漫步牡丹乡。
伟人新唱大同曲,英豪群起和炎黄。
不睬秋虫声凄厉,披荆斩棘正昂扬。

琅琊台

举目苍茫漫海疆,登台何必效秦皇。
长生徐福人可在,童子追随何处忙。
世上本无不死药,修身养性是安康。
悠悠千载祖龙事,一酹波涛万世长。

登琅琊台

千年荡漾碧波长，对话海天意未央。
不见仙人踪虘市，唯余垒土向秦皇。

    2019 年 8 月 24 日

安阳殷墟记

出土殷墟集小屯，青铜甲骨玉陶文。
传承有序多璀璨，四大文明硕果存。
阔圹矗阶遗址在，渊源肃穆镜凡尘。
时空对话王都地，动静无言今古人。

    2011 年 5 月 2 日

雁湖声韵

胶南齐长城怀古

浩瀚扬波海岸边，颓垣仍立远山巅。
或说标识齐楚界，可避纷争息祸端。
举目残缺兴古意，望眺遗迹忆流年。
高墙垒垛行云处，蛎壳已然稽变迁。

2011年6月

读"台儿庄"古城摄影集

全民抗倭气雄昂，振奋人心台儿庄。
今日古城威貌在，终知悲壮献身郎。

2013年6月19日

观仰口日寇侵华罪证石刻感怀

1914年9月18日日寇在青岛仰口海滩登陆入侵青岛,与德国占领军开战,有石刻为证。

海涛控诉倭寇狂,铁舰马蹄躏华疆。
国耻激发英雄志,神州关垒胜金汤。

2013年6月12日

夏夜城阳

万家灯火竞辉煌,扇舞翩翩赛霓裳。
鼓乐铿锵摇绿树,夜莺鸣啭引花香。
净心惬意享福乐,漫步从容乘晚凉。
萦耳丝弦酣入梦,笑连吒语赞城阳。

2013年7月5日

史 思

春秋张大义,秦汉统绳缰。

唐李延生气,宋明少内刚。

弱贫遭侮掠,殷富盗思量。

波折兴衰史,韧然绵序长。

慷慷尊正道,慨慨共兴邦。

礼让文明度,挥鞭理秽荒。

百年已立志,千载续辉煌。

潇洒炎黄子,纵帆天际航。

2013年6月5日

动车基地参观有感

科技高端英气昂,欢欣精品耀西洋。

华年尽瘁终无悔,白发忠贞令远量。

2015年8月24日

赤子归

黄土馨香如美酒,乡音甘露润心怀。
流年萦绕儿时梦,赤子拳拳归去来。

2020 年 6 月

庚子重阳

旭日辉光,温暖四方。
人生最美,身心健强。
遍插茱萸,情深意长。
道声珍重,共庆重阳。

庚子年农历九月初九

雁湖声韵

为蓝色经济区市长会议在青岛召开而作

半岛经济可换颜,七星共耀黄海湾。
地理位置天铸就,近海岛岸遍资源。
产业发达基础好,海洋科技堪领先。
开拓营造文化路,世界高峰可登攀。

注:七星,指青岛、烟台、威海、潍坊、日照、东营和滨州七城市。

2010 年 5 月 23 日

蝉 路

——由蜕蝉幼虫引思

地蕴九年功,蜕魂一夜虫。
攀龙援碧树,附凤展媚容。
炫美彩缤色,亢声助氛浓。
高秋凌肃气,枝梢挂枯形。

2012 年 2 月 16 日

秋 蝉

——引思钓鱼岛

同声无意应,同气鄙林鸣。
高附枯心木,唧唧夕渐风。

    2012 年 8 月 22 日

读《左传·郑伯克段于鄢》

母子忿情滋权桠,根连权柄尽狡黠。
忽如一夜狼烟起,国仇敌忾是何家?

    2012 年 3 月 18 日

踏莎行·钓岛

当汉邻邦,交融相顾。一衣带水享和睦。维新小富露狰狞。冥顽不悔良知去。小岛挑挠,靖国障目,恃强掩鄙雕虫技。挟持民意引天灾,狭卑蕞尔疯癫路。

2013 年 5 月 5 日

刊载落马官员领刑偶记

何曾炎势气凌云,亦敛金银拙计存。
辗转锥心断肠日,仰思自力求生人。

2014 年 7 月 4 日

贪官落马

蝇钻骥尾飞奔路，萝蔓依高攀附枝。
权欲无边名与利，冠爵失落罪囚时。

      2011 年 8 月 22 日

八一建军节之恋

长江洪水暴飞腾，南海腥风翻浪鸣。
万众齐心除害患，军旗八一纵鲜红。

      2020 年 8 月 1 日

十六字令三首

（一）

人。

趋利图生避害存。

秉天道。

良莠自析分。

2011 年 9 月 20 日

（二）

贪。

人性顽痼若许年。

天民愤，

何技吏清廉

2011 年 9 月 21 日

（三）

心。

宁静超然淡泊箴。

良知致。

坦荡气凌云。

2011 年 8 月 25 日

经历新冠瘟疫

千家思绪系新冠，万户殷殷防未然。
路阔影稀余静巷，医忙针速济人寰。
疫情伏落连心宇，舆论时牵动地安。
抗御天灾当善举，驱除邪恶勇承担。

2020 年 2 月 4 日

青岛医疗队驰赴武汉疫区救援

揪心武汉疫情急，天使飞奔夺路尘。
四面八方倾聚力，精英德艺技通神。

2020 年 2 月 8 日

聂树斌被冤杀廿年昭雪

山野冤魂浪迹行,元凶已现早知情。
雪昭延至数年后,正义虽迟足慰灵。
初审作俑枉判者,搅纠诡辩盗欺名。
文明执法公平始。滥权易钱天不容。

     2017 年 2 月 12 日

贺中国东风导弹,隐形战机横空出世

导弹战机冲上天,魑魅魍魉颤心寒。
利刀出鞘正当日,国力显彰保泰安。

     2011 年 1 月 16 日

足球中国

蹴鞠千年享娱乐,足球卅载祸横流。
何时踊跃全民起,再历欢欣举国吼。

2011年4月8日

"八一"感怀

步枪小米大刀片,航母歼机探月船。
土造洋装人为用,伸张正义力回天。

2011年7月25日

青岛上合峰会

丝路舞飘绸练红，海山光绚彩飞腾。
笑迎上合八方客，满舵扬帆五月风。

2018 年 6 月

九九登山沐重阳

　　友约重阳，应节登山。漫步观海、观象二山，览瞻文物名人故居。享蓝天流云、秋芳。

金风和丽融天际，兴致海山览碧秋。
草木潜楼连古迹，瓦红显绿贯苍丘。
名居散落余香远，欧建纷呈曲径幽。
盛世韶华吟胜地，身心两济节双收。

2015 年 10 月 21 日重阳夜

春日湛山寺

海山拥翠绽春容，殿塔映蓝鸣寺钟。
馥郁和风幽谧境，禅怀凡意慰平生。

2015 年 4 月 25 日

庚子中秋、国庆同日
——喜洛阳文艺晚会

笙歌曼舞海天涯，双节同日炫物华。
莫道蟾宫仙女怨，人间富贵洛阳花。

2011 年 7 月 29 日

故土泥香

GU TU NI XIANG

故土泥香

角兰古村赋

　　昌邑东南，北孟之阳。角兰埠岑，静卧昆冈。西瞻潍水之奔渤海，东抚胶莱以连平、高①。羡泰山之嵯峨，慰水脉之深长。初夏晴光，伫立高梁。环顾四维，仰视东方。山川皦皦，绿野翻浪。崂山蜿蜒，晨曦捧出神窟仙装；牙山高耸，彩云缭绕尽显吉祥。陶冶兮，神志高爽；氤氲兮，直上穹苍。

　　荣枯千年树，蔼然万户村。毕李众姓茂，无穷代代人。躬耕民之本务，诗书承载炎黄。先人秉持宏志，子孙激励弘昌。然而，天有不测风云，康宁亦难长安。壬午兵燹②祸，烈女命担当。牌坊高矗立，旌节尽昭彰。阴阳更替，轮回转圜。河清海晏，戏楼③在乡野础建。桑梓祥瑞，景观与民心相连。飞檐凌空，气势特庄严宏伟；雕梁画栋，叙事皆教化之范。匾额"古今鉴"，辉耀百里远；三字汉唐韵，风骨比公权。见证世代更替，阅历沧海桑田。凝聚文明雅丽，昭示生灵泰安。时光荏苒，古楼盛景渐成回想；时势变迁，华夏传承岂能淡忘？雾霭凝结雨雪，秋叶洒落冬凉。信人性之良善，容天地之圆方。克危履艰坎坷，上下求索路长。擂铿锵战鼓，摧卑薄劣根，赖万众同心，扫贫弱颓象，勇挑时代重担，坚挺民族脊梁。四方赤子，荷乡土之重托，践行与时俱进；桑梓健儿，彰显风流倜傥，再造国富民强。

　　行复行兮，时运畅顺，大业辉煌；道复道兮，阳刚不息，

四海激扬。近来幽梦忽还乡,不见浮云现海洋。一度朦胧方清觉,葱茏烂漫美妍光。鸟儿啭,虫兽忙,清流细水响叮当。众艳芳菲倾蕙角,雍容高雅郁兰香。

追忆梦已醒,思绪济缘长。词为古村名作注,心结释放性张扬。人生如梦,往复轮常,大地永宙,厚德恒芳。阳光雨露兮故乡情义;沐浴恩泽兮黄土馨香。

注：①平高。指相邻平度、高密两市。胶莱，指胶莱河。

②壬午兵燹。公元1640年到1645年明朝末期，权力已被肢解，清兵先后两次大规模增兵劫掠中原数省，造势并充军资，1643年洗劫山东、江苏、河南、河北等省。昌邑战乱重灾之地，有屠城屠村之祸，角兰即惨遭重创，史称"壬午兵燹"。乾隆中后期，为缓解经久不息之民族矛盾，对百年前的仁人志士，采取不同形式的炫扬，角兰毕氏先慈刚烈英武，奋持节操，故立牌坊以彰显。

③戏楼。位于昌邑县北孟乡角兰村内路南。戏楼五间，台口向北，砖土结构。前台明柱四根均用白石雕成。房顶以小瓦覆盖。初建年月无考，据前台脊檩字载，乾隆年间重修。后拆除。路北原建玉皇庙，遗配殿十余间，墙壁仍显彩饰，圆形可见。

2020年2月24日（庚子二月二）

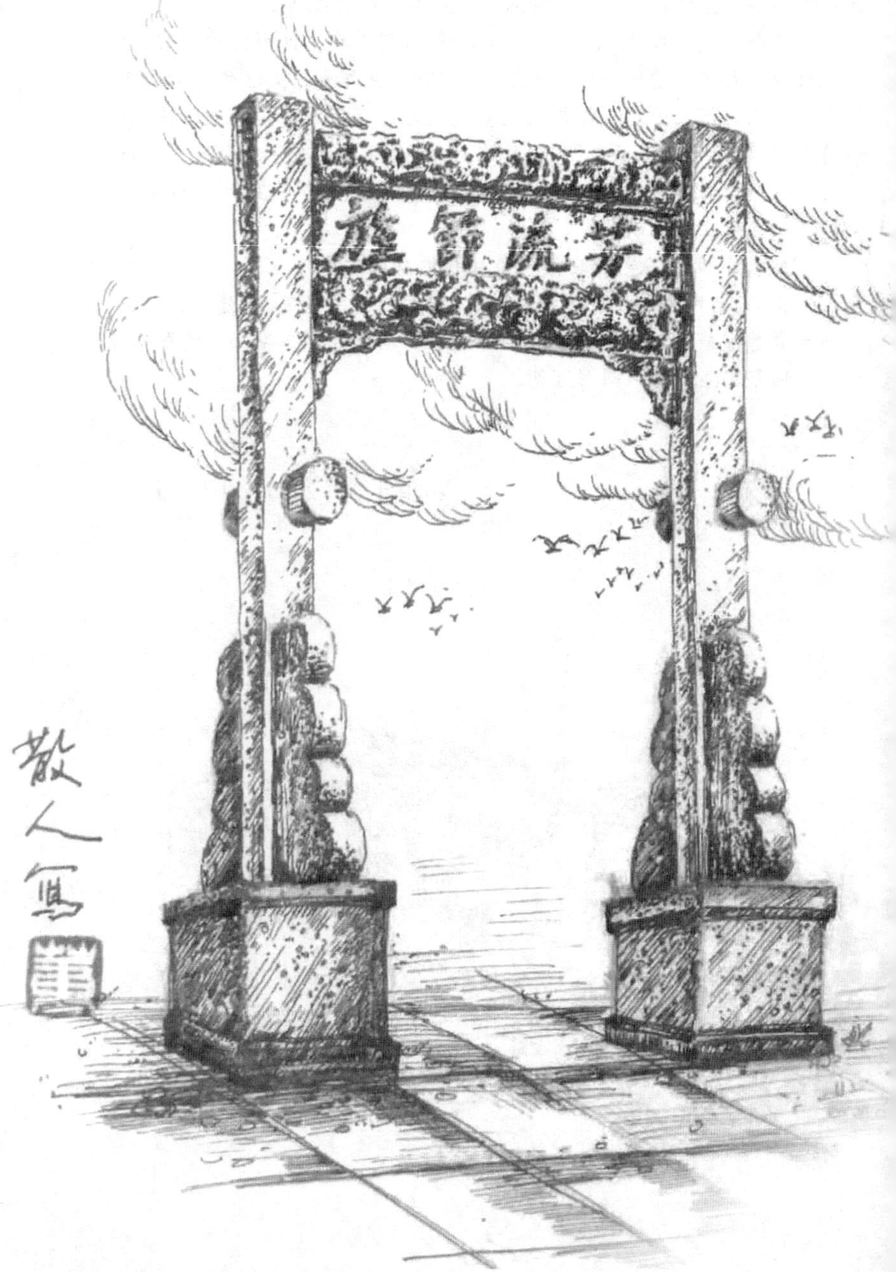

旌節流芳
散人寫

为昌邑（又名都昌）文山诗社而作

渤海南洋商贾路，都昌丝绸远扬名。
文山诗韵彰明世，帆棹笙歌一带风。

捧读世叔成恩及祖孙三代诗书画集
——寄思致谢

诗书画集续传承，思绪翩翩暖意浓。
美册包含三代愿，满腔赤热祖孙情。
春桃夏李倾心智，众卉生花结实红。
信寄充盈谆教语，仰尊哲睿耄耋翁。

世侄征深 2015 年 6 月 10 日

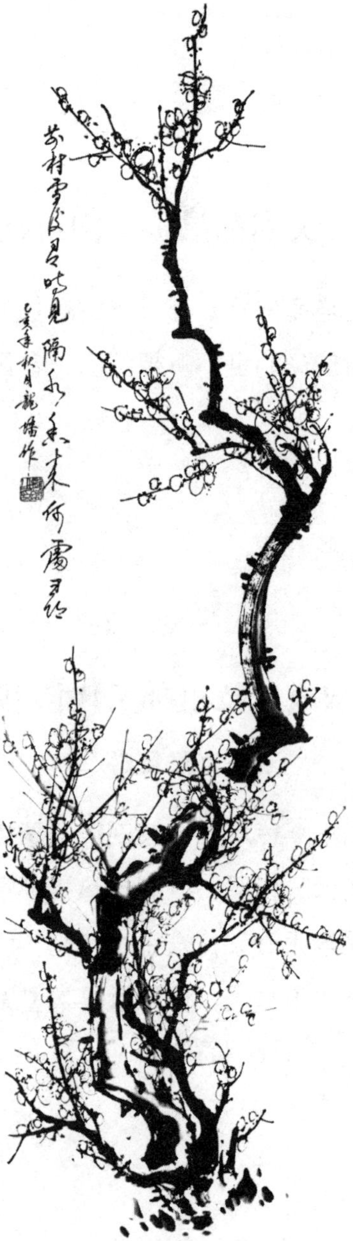

停放爆竹过新年

烟花爆竹影无声。车马匿踪人静安,
春晚堂皇连岁夜,烛花馥郁漫思年。

      庚子春节

戊戌清明祭

后生扫墓古人伦,香火长烟招远魂。
莫道世风情渐淡,今年寒食雨天阴。

      2018 年 4 月 5 日早

乙未纪年

烟火花红,旺年味稠。
阖家喜悦,绵代情柔。
敬慎追远,宗承脉流。
三阳开泰,诸事遂猷。

2015 年 2 月 18 日除夕

乙未寒食祭

佳辰冷节清明祭,总角耄耋远路尘。
新绿添坟前日雨,长烟续火后来人。

注:九旬婶母率子孙十余人,驱车自临沂回籍与家中子侄共祭扫墓,情怀寄远,血脉传承。感慨记之。

2015 年 4 月 4 日于昌邑故土

十六字令·乡聚

欢

开泰三阳盈笑颜,

连故土,

酒馔香续缘。

2015 年 2 月 27 日

回故乡

童心殷切回归路,草木缠绵浸故园。
昵语牵情烧酒暖,酱椒勾味儿时甜。
梓桑沃土芳菲艳,枝叶繁根蔚郁然。
勃意生机昌邑里,醇风淑气馈流年。

2017 年 11 月 20 日

雁湖声韵

大姐西归

牵情忌惮话聆音,翻梦连床声脉沉。
噩耗潸然流往事,长行呼送恸心人。

2015 年 7 月 14 日

除夕请坟

老少奔茔坟,捧香心唤魂。
慎终追远路,敬肃叩年神。
晚辈承先志,后生风骨存。
今添新识面,明续祭祖人。

2014 年 1 月 30 日

己亥春节即景赠宗亲

闪烁霓虹双岁夜,烟花爆彩贺新年。
高香袅袅奉先祖,红烛煌煌呈瑞安。
骨肉宗亲恩不断,族风馥郁义连绵。
世事沧桑诚信永,炎黄千古仁脉传。

2019 年 1 月 29 日

蛇年春节归乡雪

雪飘归路更奔年,迷眼相拥阖家欢。
大义深恩车岂载,挚情热泪古人讦。
时光荏苒已知少,岁月鬓蓑牵忆连。
瑞兆繁荣民有幸,赤心依旧少儿男。

注:腊月二十五归乡遇雪,车阻情更迫。

2013 年 2 月 1 日

蛇年春祝

龙蛇吐信,兆庆新年。
灵运福至,健康绕环。
广源财富,事业沛然。
节日多彩,意畅情欢。
2013 年 2 月 9 日

梦桑梓

呱呱生诞地,念念顽皮岗。
辗转青丝迹,旋忽白发霜。
近乡情更怯,离去意彷徨。
春念融期许,缠绵吟奋张。
2011 年 6 月 18 日

渤海湾头赞故乡

徜徉渤海话兴邦,肺腑涌潮颂梓桑。
潍水依依偎故土,翠湖滟滟润家乡。
地灵人杰宏图展,伟业昭昭奇迹彰。
劲舞高歌捶战鼓,万千妙手绘新章。

2010 年 5 月

乡 思

新春将近,乡思化小诗。

草庐沃土络银丝,村塾幼童诵古诗。
邀友交杯通夜笑,别离金柳数牵衣。

2014 年 1 月 16 日

故乡七老青岛会

　　族兄五十年后自台湾归，故乡玩伴自各地来青相会，真情至感，记之。

　　　　　　游子终相会，挽依拥臂长。
　　　　　　焉知甲子后，青岛聚一堂。
　　　　　　怯问乱慌事，望仰白发苍。
　　　　　　泪盈遮旧貌，漫忆少年郎。
　　　　　　呼喊儿时语，应声顿热肠。
　　　　　　一言破涕笑，往事带乡腔。
　　　　　　转眼耄耋老，唏嘘话健康。
　　　　　　何缘还见面，尽兴叙伦常。

　　注：抄1990年旧作微改。

　　　　　　　　　　2011年6月15日

除夕将近，偶记二首

（一）

狂飙风雨日，浪涌波涛时。
引棹空天里，失所路不迷。
萧萧江海楫，渺渺雁鸿移。
声振高岗上，洪流濯足泥。

2014年1月18日

（二）

草木一秋花在季，人生此代旦夕间。
成泥零落暂归宿，再世往还更续缘。

2014年1月20日

感言故乡七老青岛会

光阴驹过隙，岁月二十秋。
黑发率直语，白头珍忆留。
音容和笑貌，恬静乐与求。
历数过往事，微言议帝侯。
人生苦短日，处事贵优柔。
业绩小能大，得弃莫踌躇。
昊天忆代稽，大地万年悠。
淡泊方明志，寻诗情自流。

2011 年 6 月 15 日

古风遗迹

GU FENG YI JI

谒童真宫

盛世重修道教弘，恒年奉祀不其公。
赤心民利千秋敬，励志图勤万代崇。
循吏清官汉史著，童恢动漫视屏中。
横流物欲虚浮日，静肃恬然谒汉宗。

注：童恢，字汉宗。东汉时为不其县令，《汉书·循吏传·童恢传》记其清官政绩民望，时人立祠以纪。元代重修，道士入住，始为道教之"童真宫"，仍祀童恢。至1949年总共有21位道士主持宫事。不其今属城阳，惜福镇傅家埠村集资建童宫祠并摄制动画片《不其清官童公传》，流播其事迹。

汉代康成书院遗址[1]

村名书院记沧桑，遗迹安然卧古梁。
岁月长青衣带草[2]，光阴沉淀汉书乡。

注：①遗址位于青岛城阳区惜福镇书院村西南山梁。
②衣带草。传系郑氏自原籍高密捆束书所用，置之室外即扎根繁衍。两千年益盛。据齐乘记载，叶如盖，尺许，坚韧异常，隆冬亦青。

2016年6月7日

谒田横景观

旷远空明黄海边,齐王威武峙高巅。
洪荒亘古偏隅地,富庶今朝傍枢关。
五百精英行义举,一腔血性递承传。
振兴华夏再担负,大展宏图气浩然。

2016 年 10 月 29 日

崂 山

海岸绵延万里长,嵯峨叠嶂峭峰昂。
势衔涌荡涨潮落,吐纳舒张云海茫。
仙阙宅窟幽邃处,骚人迁客忘情乡。
老庄道教兴隆地,名谓崂山赖始皇。

注:据传始皇到琅琊台后又到崂山,因荷负太重劳民伤财即止,后世将此山命名为劳山。近代文人又将劳字旁加一山字,故称崂山至今。

2010 年 1 月 6 日

小青岛

红蓝掩映水中飘,绿缛葱茏伴海潮。
白塔妖娆亭玉立,望洋琴屿百年娇。

2010 年 10 月 21 日

崂山道教

八观九宫七二庵,亦曾斋醮盛空前。
几经落寞兴衰后,论道崂山春又还。
十里长廊演大礼,千年仙乐碧云天。
峰鸣海号如笙瑟,和谐天人尚自然。

崂山白云洞

尝慕崂山有道人,仙居天洞舞白云。
飘缈缭绕幻山际,不知何处是凡尘。

崂山巨峰顶

欲穷天际勉为难,惠顾山光信自然。
云绕千峰回望小,烟波万顷意潆滟。

小鱼山

钟灵毓秀小鱼山,飞阁流丹映海湾。
娴静低眉心浩瀚,鲲鹏展翅乐高天。

    2011 年 12 月 25 日

避暑山庄

燕山蜒蜿蕴龙脉,紫气氤氲育热泉。
右抱左环元气水,飞楼雄殿雉堞垣。
磬峰刚劲擎天立,湖秀阴柔拥自然。
画栋已览王帝事,雕楼再历庶民缘。

    2011 年 5 月 2 日

前海栈桥

龙卧碧波辟静幽,国民海客乐中求。
潮汐荡尽百年事,涨落回澜几度秋。

2011 年 5 月 18 日

蔚竹庵

山峦葱翠庵,石上现苔嫣。
逸兴潺溪路,悠游泓水甜。
经心寻绿竹,探意道翁前。
淡淡蔚然意,孜孜气节含。

2011 年 6 月 3 日

忆华楼

名胜华楼海上优,云峰崂顶望封侯。
崇丘览景凌烟崮,如画传神仙境游。

2011 年 6 月 3 日

端午思

岭南塞北艾蒿长,东海西凉米粽香。
何得汨罗蛮楚地,竟激华夏忆屈郎。
沧桑雄健现国粹,社稷频更涌栋梁。
世事有为岂有尽,忘身锐进应无疆。

2011 年 6 月 8 日

端　午

艾草家家撒爽气，粽包户户溢醇香。
虽无舟竞雄黄酒，却话忠贞端午长。

太平宫

沧桑阅尽千年寺，古朴超然万岁松。
兴望狮峰初日旦，欣闻峦畔太平钟。

2011 年 5 月 18 日

小 年

辞灶糖瓜甜,家神露笑颜。
上天言好事,保佑太平年。

2011 年 1 月 26 日

贺元宵

灯火爆竹闹,龙狮笑脸仰。
汤圆带运至,明月照安祥。

2011 年 2 月 17 日

田横记

屿岛埋骨义士坟,波涛拍岸慰忠魂。
千年凭吊钟情客,岁月变迁玩海人。

过黄鹤楼

雕梁画栋饰名楼,云去悠悠千载流。
一曲崔郎黄鹤去,赢来多少惬心游。

2010 年 4 月 6 日

印象武当山

方圆八百翠峰连,玄秘空灵天地间。
肃淡恬然诗画境,太极绝绘武当山。

感受武当山

立柱金顶接穹寒,仙岳拱揖宗道山。
紫霄呼风武当剑,南岩神飘三丰拳。
信众四方来朝圣,结庐数万不炼丹。
物我清虚安社稷,天人合一尚自然。

2010年4月8日

庚寅重阳

岁岁年年九月九,年年岁岁乐相酬。
风和日丽重阳日,茱萸来年仍遍头。

2010 年 10 月 16 日

庚寅中秋月

赏月当空伴有云,熙怡桂树伞遮阴。
玉蟾辉洒九州地,和聚团圆四海人。

2010 年 9 月 23 日

庚寅中秋寄友

阴翳月辉心未憾,挚情厚意共团圆。
兴高仙坐层云上,把酒临风慰玉蟾。

石老人

春秋水上风,冬夏海边容。
劬父千年志,生儿百代情。
2011 年 8 月 18 日

题红岛高家青云宫

红岛高家村后青云山,上有古坟建庙祭祀,传系没尾巴老李母亲之墓,每年古历十月二十三是其祭日,晚必狂风大作,或风雨交加。儿子自东北黑龙江回家上坟也。

传称老李出生系一条蛇,其父惊恐用镰刀砍掉其尾,小蛇一道火光奔黑龙江而去,此说至今在山东、东北流传极广,唯祖地有异。

万里腾云奔母坟,千年叩拜慰亲魂。
江风海雨泣龙泪,子义儿情化祭神。

2011年10月22日

兔年辞灶欢聚

相聚怡情欢,欣然语兔年。
事功累日进,业绩可空前。
坦荡行文际,达观佳玉缘。
灶神微笑意,天上报平安。

2012年1月16日

流亭先贤胡峄阳

灾难不离东海崂,锦言传颂岁年长。
睿哲教化梓桑地,仁德熠辉耀四方。
官宦累朝何处在,尘埃微粒尽苍茫。
傲然科举学致用,情湛白沙胡峄阳。

注:白沙,崂山西麓白沙河。

2011 年 11 月 20 日

题海云庵糖球会

亲朋欢聚海云庵,接踵摩肩嘴未闲。
鼎沸人声张盛世,飘飘旗彩闹昏天。
激将沉醉百千态,斑斓倾城一景观。
典范民俗珠宝丽,熙怡和乐尽欢颜。

2012 年 2 月 11 日

青岛劈柴院

小店嫩鲜豆腐脑,民间久享盛名骄。
拥塞急切美食客,渴仰垂涎胖外侨。
络绎不绝男与女,川流有序孺和耄。
贾商云集寸金地,大腕登场助品高。

2012 年 2 月 18 日

即墨雄崖所

明廷崇武略,卫所靖疆边。
多历屈和辱,几经朝代迁。
雄崖仍独立,气宇尚依然。
剑甲时光去,戎威今日严。

渔祖祭

相传五千年前的炎黄时代，东夷族部落的郎君氏带领族人在东海之滨胶州湾附近结网造船，出海捕鱼为生。其生产技能逐渐传播沿海各地，被尊为渔祖供奉。一直延续到明代嘉靖年间。渔民为永久纪念，便在现红岛韩家村东的渔港修建了正规的郎君庙，出海港即叫郎君港。每年清明节前举行盛大祭祀仪式，表达崇敬。"文革"时庙被毁，祭仪断。今年恢复旧制，规模空前，蔚为壮观。即兴一首，以志敬仰。

清明奉祀敬渔祖，船号重响古水滨。
隆祭丰盈弘盛世，亢歌彩舞壮精魂。
撑篙荡橹扬帆去，斩浪劈波拓路人。
蓝色海洋天赐予，开源济世赋先民。

2012年4月3日

元宵乐

船舞高跷俏女颜,红灯雪打帅哥甜。
彩车香淡春来兴,礼炮烟花隆盛年。

2012年2月6日

青岛即墨周戈庄祭海节

肃穆高台连浩荡,彩旗猎猎待征船。
毙鸡鱼硕万民意,礼炮飘香十里烟。
焰火轰鸣龙吐信,人潮涌海动神颜。
雄兮盛事迎春祭,美哉古风永代传。

2017年3月19日

过田横

日月浑然齐地天,丘峦杳渺汉云烟。
田横大义时空贯,山海谐声古岛传。

2016 年 10 月 14 日

北京定都峰览胜

连绵幽燕地,王气定都城。
代谢君颜改,始明止大清。
宫阙雄风在,金銮不踞龙。
沧桑循正道,国盛倍尊荣。

2018 年 1 月 2 日

雁湖声韵

怀念军营

二十世纪六十年代，曾在山东海阳大山所鲁口村驻军服役。退伍后原部当年移防，旧营空置。五十年后重回原地，感慨记之。

激昂军号影随声，远去魂牵故地营。
疏瓦仰看星与月，牖垣漫患雨和风。
忠诚笃实四年路，尽瘁艰辛一世情。
续愿渐圆家国梦，为霞展彩沐鸿蒙。

2017年11月30日

端午屈原

年年岁岁龙舟竞，户户家家艾粽柔。
儒雅礼俗兴古远，忠贞德义耀神州。

2015年6月19日

七 夕

天上团圆星灿烂,人间缱绻意迷离。
仙凡相许情何物,问道苍生度自知。

2015 年 8 月 20 日

中秋月

万花昨日竞芳艳,千树倏忽秋色浓。
醒月蟾宫幽静处,汗颜凡地奈何晴。

2011 年 9 月 4 日

仲秋雨

月圆缭雾间,细雨洒轻寒。
把酒中秋夜,融情语玉蝉。

> 2011 年 9 月 2 日

财神节

烟火爆竹节日来,驱逐污秽祭财神。
开门筹运发达计,迎得明年紫气临。

> 2011 年 8 月 22 日

神游三清山

三清武当道家山,炼性冶情循自然。
身济宝尊遗产地,飞檐宫观帝王缘。

壬辰仲秋寄怀

阴晴冷暖伴流年,安乐悲欢循自然。
舍去虚荣声名利,捧回天上美婵娟。

    2012 年 9 月 30 日

雁湖声韵

行吟东北之旅

暑伏另觅清凉地，东北观光历景新。
可信温差八月雪，有缘各色旅游人。

2012 年 8 月 22 日

黑龙江五大连池

火山遗迹壮奇观，焰口石喷河海般。
胜景春花红胜火，旷茫秋夏绿黄岚。
星罗棋布药泉水，浩瀚连池广众缘。
千古一绝黑土地，万年跨越信天然。

2012 年 8 月 20 日

呼伦贝尔草原寄思

离却喧嚣临旷野,始觉微缈信天候。
有缘细味茫原草,待寄遐思沐暖秋。

    2012 年 8 月 15 日

林间聆听《钗头凤》

夕照融流水,微风走密林。
莺蝉竞唱晚,钗凤传心音。

    2012 年 8 月 8 日

赠友人

待人须旷达,接物心必宽。
世间多聚散,超脱即翩然。

草原情

游子忘归路,蓝天接绿处。
痴心问地神,细草惹人妒。

2012 年 8 月 5 日

立秋日

冷落空调役扇稀,赤足露背小楼栖。
海风摇绿堪消汗,凉丝报秋一缕知。

2012 年 8 月 7 日

青岛夏夜景观——啤酒风情

海鲜肉串味烟迷,挨坐圆方错落低。
呼汗赤条行酒令,半城拥路唤扎啤。

2015 年 8 月

印象八大关

别墅洋房层错落,绿坪幽径似欧罗。
苍拥密树伸碧水,花艳当春藤掩荷。
步缓情舒心自静,神怡气爽带轻歌。
风清海晏流光里,熙乐升平琴瑟和。

2012 年 2 月 25 日

读贾主任元宵诗赋怀

缤纷灿烂火龙灯,绚丽斑驳彩万层。
涌动春潮行大业,疾追宝弟踏新程。

2012 年 2 月 7 日

乙未中秋月

玉兔馈人间,流光洒碧园。
融情连岁月,辉韵美华年。

    2015年中秋夜

遊歷

YOU LI

游 历

即墨崂山游

东崂伸脉远，即墨景相连。
峻峭巉山踞，差高名盛传。
同游应友约，牵挽奋登攀。
长啸俯仰地，盈虚任自然。
步移纷焕景，身转水连天。
四顾数峰顶，尽眺云与烟。
神窟无福见，仙宅有民捐。
草木吸尘露，海茫容万端。
素机迎勃发，循道济人寰。
声远涛依旧，光阴去不还。

神游桃花潭

挚友挽牵相送地，诗仙一曲永留名。
遥思兴致临潭水，放纵真情合踏声。

2015 年 6 月 8 日

悦庐吟

窗推碧海,门掩葱岚。
鸟鸣迎客,花纷斗妍。
香茗津润,彩墨神传。
淡远逸致,韶光续缘。

2015 年 8 月 4 日

崂峰之巅后山游

携友崂峰后壁行,巉岩逆转亦从容。
磊形叠石仰天际,峭立风松伴雾中。
万仞冲云归浩渺,几川入海济空蒙。
龙泉珍馔香秋雨,牵忆林间漫步情。

2015 年 10 月 27 日

游 历

江南行

入冬仍绿密，遥岑可苍黄。
波柔太湖水，雁归吴楚乡。
珍华馨故友，仁义奉心香。
名胜繁华地，瑰珠国宝光。

2015年11月19日于青岛

江南水乡枫泾镇

黛瓦矮墙弯石路，王孙遗迹阔门多。
古桥静卧分吴越，婉语呢喃柔绿波。
酒幌飘摇中外客，水乡迷醉四方歌。
九州绝艺蟾鲜味，美韵怡情人际合。

2015年11月17日于上海金山区枫泾镇

雁湖声韵

美食太湖边

环楚一游美艳多,流涎三白尽鲜活。
依稀旷远渔舟曲,暖意盈湖水碧波。

注:三白,指太湖白鱼、白虾、银鱼。

2015 年 11 月 10 日

武夷戏球茗茶

天宝物华武夷妍,地灵人杰戏球冠。
花香岩骨馨四海,玉液琼浆馈人寰。

2018 年 2 月 10 日

南国菜花黄

属意早春胜景游,邀蜂掠美菜花稠。
灿黄烂漫映山远,淑韵妖娆羡画流。

2015 年 4 月 12 日

晴日元旦

尘霾逐去静蓝天,胸臆开张迎旭旦。
细品茗茶酌百味,涌思盛日兴千般。

2015 年元旦

青岛世园会邻竹子庵

道观环山绕,经冬竹绿林。
浑元氲紫气,怡悦性情人。
    2017年12月20日

江南黄花

遍野连阡黄映绿,漫山入画绿催黄。
痴情漫步他乡客,煌色染裳今帝王。
    2016年4月29日

何須君子瓻　千歲時馨芳

春 绿

蔓生自韵律,遍望野原长。
疏密多姿意,葳蕤率性扬。

2016 年 4 月 28 日

茶家妞

离车入农家,俏妞捧新茶。
柔情甜蜜意,卖货钱不差。

银杏秋叶八大关

远客流连别,清幽霜叶晨。
清风吹海笛,金路伫伊人。

2016 年 10 月 1 日

老友邢新军乔迁莱西姜山

欸乃一声美,舍庐春艳姣。
东莱灵秀地,俊杰续风骚。

2017 年 4 月 26 日

新军苑

小院馨香里,丹青沐雅风。
蔬鲜随手摘,市近信悠行。
美馔酌邻友,瑟琴慰远朋。
欣欣蒸日上,伟绩万鹏程。

2017 年 4 月 27 日

城阳街头樱花开

樱花艳丽绚枝头,未见人欢曲径幽。
料得来年拥丽日,新冠话语付东流。

2020 年 4 月 20 日

游 历

闽西土楼歌

翠岭簇峰十万山,客家聚居土楼圆。
灾迁瘴疠蛮荒地,泪血艰辛越千年。
质朴流俗传古气,人情易理继黄炎。
宗族成团多才俊,辟野幡然新地天。

晨　曲

淡月鸡声俏,疏星朝露稀。
生机盈万物,初晓报晨曦。

2016 年 8 月

雁湖声韵

游张家界

金鞭溪谷水潺潺，蓊郁林山氧吧间。
踊跃奇峰争蔽日，游人一线偶窥天。
野猴得食高蹿树，鹰鸽盘逐翠鸟喧。
中外相融多国语，山人游子个个仙。

贺宫溪濂（天山客）画家重返新疆大漠会故友

壮哉孤烟直，娇兮落日圆。
华丝昭岁月，故墨彩流年。
　　　　2018年8月29日

东瀛行

暮春时节到东瀛,朝夕悠游逐落红。
洒扫无痕尘不见,行人车序路匆匆。
书文半识客猜度,体貌相仿语不通。
阁榭楼台唐汉迹,拱檐着附海流风。

黄山即景

错落山形树,分层云练波。
彩光挥绿海,万物蔚婆娑。

2017 年 8 月 4 日

登富士山

丽日高悬富士山，洒飘银发海中仙。
兴高近仰晶莹体，憾意风沾娇玉颜。

2008 年 4 月

青岛三浴夏日即兴

楼碧邀凉雨，海蓝散暑云。
丽光消溽气，湛水爽伊人。

2014 年 7 月 8 日

游 历

艇游浮山湾即赋

　　2014年7月19日上午，邀北京、青岛老友登南岸竹盆岛一游，不巧雾阻未偿。午后阳光突现，遂泛前海，经奥帆中心、五四广场、太平角、小鱼山、栈桥一线览胜。远眺新老市区，尽赏红瓦绿树，碧海蓝天。涌流竞楫，白帆万点。楼林相掩映，危峭入云天。景观宏富丽，浮想纵联翩。

　　　　妖眸斜阳开雾颜，绿红倾色醒白帆。
　　　　缤纷境幻眩楼影，曼妙轻波逗醉船。
　　　　　　　　　　2014年7月24日

活　春

　　　　惯听戏谑恋书虫，候动春萌催老翁。
　　　　无顾微寒贪日好，却寻色绿念花荣。
　　　　　　　　　　2014年3月15日

池 塘

莲染名鱼珍色妍,岸投饵料稚童欢。
鹭鹰不屑红鳞裕,鹅儿慢沾青菜鲜。
轻燕示矫翻点水,闲翁荆杖钓连竿。
塘中熙静比仙境,世上纷繁未尽然。

2014 年 6 月 28 日

知 音

伯牙琴断悼钟子,千载追寻羡后昆。
何得其中真奥义,绵声细曲觅知音。

2013 年 11 月 5 日

游 历

采采芣苢（fuyi）

——临《诗经·周南·采采芣苢》篇而演义。

采采芣苢，和光沐之。
俯拾相伴，采摘幸之。
怀兜汇集，盈筐乐之。
叶实分选，食之药之。
采采如舞，心疾追之。
弃贪名利，当践行之。
桑榆之际，霞瑞彩之。
约春且缓，尔我共之。

注：芣苢，即车前子，嫩苗鲜而可食，种实古即入中药，有清热明目、止咳功效。远古至今，每逢春季，人们踏青采摘成俗，故《诗经》记之。

2014 年 6 月 30 日

览胜京西永定楼

永定长河滋燕地,岭连碧浪漾京城。
琼楼新矗光首善,盛世兴文古今情。
锦绣涌思骄览胜,滕王黄鹤岳阳名。
辉煌灯火人欢夜,岁月同光天地融。

2013 年 9 月 25 日于北京

青岛之夏

玉楼融海共天蓝,树绿瓦红媚雪帆。
北调南腔情寄客,东来西去暑伏间。

2013 年 8 月 2 日

游 历

墅苑林密鸟通灵

喧鸟催帘日已迟,余醺涣漫懵忪时。
唧啾婉转讪我笑,振羽鸣幽美绿机。

  2013年7月8日于城阳故居

老干聚首宫家村

  欢欢来聚首,乐乐奔名杏。
  遽遽采红黄,嘻嘻捏软硬。
  缓缓收入口,默默酸甜幸。
  嗳嗳倒残牙,哧哧全助兴。

  注:于城阳惜福镇街道宫家村。
  2013年6月21日

雁湖声韵

忆江南·青岛城阳山村樱桃

天人济,五月洒流红。山野绿拥樱似火,连棚展萃玉玲珑,紫脆润情浓。

2013 年 5 月 27 日

青岛太平路(栈桥西侧)凌高即兴

群鸥浪劲风头戏,游客兴高青岛行。
礁岸软滩收近目,海山淡雾闪边亭。
牵依绵密时留步,沉醉徜徉眷恋容。
错落楼台连万象,蓝天绿水映光明。

2013 年 4 月

游 历

青岛植物园南茶北移研究基地即兴

海山灵蕴沐天光,茗女北迁居渥梁。
雅会四方游燕客,龙飞彩墨韵茶香。

2013 年 4 月

游黄山新历太平湖景观

再游迷醉浸欢情,幻变纷呈追万形。
盛世飞来湖滟景,名山映水太平容。

2013 年 4 月

阴 霾

阴霾蔽障窒吸呼,静僻远边渐见疏。
期盼阳光明媚日,再享流水小溪初。

2013 年 3 月 4 日

公寓楼苑冬叶飘

绿媚林园惜落秋,寒骄离片笑飘冬。
已留潇洒何归去,又载从容化郁葱。

2012 年 12 月 7 日于城阳

游 历

雅聚沙子口港湾

薄阳淡雾浥岚山,港汊飞鸥归满船。
画动神传茶里乐,涎流鲜萃箸中欢。

    2012年10月5日

读水墨三清山巨蟒石画

蟒石化意入神寰,云雨舞霞滋峻岩。
翠壑清幽呈万景,天然遗产尽姣然。

    2012年5月1日

登泰山

荡胸快意凌绝顶,踊跃谲云漫碧空。
不屑蔽遮千里目,畅酣天赐泰山风。

菏泽牡丹开

缤纷蝶燕连翩舞,尚美容光萦梦来。
万紫千红馨四裔,几多靓丽几多怀。

游 历

徽州思

高脊白墙灵秀气,水街深巷寄思怀。
灿烂流光飘逸去,痴迷远客僻幽来。
日间村户满为患,夕落山陬疏意待。
文化徽州人有梦,传承再创后生才。

徽州渔梁坎

千年岁月忆渔梁,八景徽州商埠忙。
堂馆栈楼仓铺密,舷歌别送路绵长。
沧桑阅历喧哗处,古坎载承默对江。
涛水空蒙东奔去,笛吹蝶燕舞斜阳。

注:渔梁坎,古徽州水路商转重港。

2012 年 4 月 20 日

歙县印象

遍地金黄连绿岭,陌阡粉黛伴嫣红。
白墙墨瓦掩钟寺,烟雨楼台牵梦萦。

2012 年 4 月 17 日

徽州牌坊

牌坊矗立遍徽城,静谧庄严历久恒。
光耀精英经盛举,孝道节义壮尊荣。
时光荏苒儒风在,昔日辉煌逝远行。
惆怅自豪情愫动,神驰天道思健雄。

2012 年 4 月 20 日

游 历

寄情青岛航天测控站

坦然从容坐高台，笑对长空彩舞来。
应知嫦娥再嫁日，娘家殷富佩环钗。

2012 年 4 月 3 日

新安江畔

蔚蓝静谧新安水，葱岭裙飘掩翠微。
几叶渔舟春载乐，孤桥江畔浣衣谁？
雉啼莺啭引凫舞，岸绿花红邀蜜回。
翁老舐犊霞霭里，新茶好市美人归。

歙县道中

一路生机盈四野,春风柔水暖人居。
轻车淡雾欢欣事,绿映黄花灿墨都。

2012 年 4 月 16 日

烟雨江南行

雾蒙绿树幻无穷,溪水花蝶鸟数声。
未遍南朝访百寺,却寻烟雨榭台中。

2012 年 3 月 15 日

一點生機野草花

素知瞳(暗)偏於軍漢務勸吶

享子深瞬多乙憐黑生群

胶南珠山杜鹃红

岁岁马龙趋若鹜，年年车水杜鹃红。
彩霞渐褪人流去，石皱峰昂山峻雄。

2012 年 3 月 30 日

宜兴竹海吟

阳羡风光独秀美，经冬苍郁碧连绵。
葳蕤染绿茂繁密，滴翠葱茏成太源。
无际修篁高世气，节操挺阔满山川。
人间潇洒飞来地，旷野风骚竹德妍。

注：太源，指宜兴竹海有太湖第一源头之称。阳羡，宜兴故称。

2012 年元旦

初春雨夹雪

四时有验雨夹雪,一日阴晴春入冬。
世事多元临万变,天尊何道保安平。

     2012 年 2 月 12 日

壶城宜兴访友记

欢声连笑语,共忆到江南。
天宝物华地,宜兴访友甜。
五湖尝美馔,山野宴珍鲜。
愉悦赏名胜,兴高探本源。
亲玩绝技露,心动继真传。
真朴坦诚系,厚情壶紫缘。

     2012 年元旦

雁湖声韵

返岭银河山庄过午赏崂山

壑峰脱海向崂顶，薄雾流梳叶未秋。
崖磊仰张坦碧水，日西回眸挽人留。

2011 年 11 月 2 日下午 4 时

泛舟下龙湾

2004 年游越南下龙湾，作赋一笺，今依原韵修剪成诗并赠老友。

恰如耸翠桂林山，又似碧螺海上峦。
百态峥嵘人惬意，千姿缱绻口拙言。
山重水复多幽径，路转訇然又碧天。
潋滟波光连浩渺，莺歌遥唱忘归船。

2011 年 11 月 20 日

游 历

王戈庄返岭海上泛舟

悠悠一叶舟,涌荡众峰头。
潋滟波光好,海山挽醉秋。
2011 年 11 月 2 日

泉心河茶苑览胜

峻峰叠嶂矗天雄,倒影清波景万重。
旷壑石连形怪状,莽榛奇木竞葱茏。
白狐引吠声幽静,草树鸟随唤晚虫。
秋顾茶家山海韵,惠风来客伫仙情。

注:茶苑,指位于王戈庄返岭泉心河水库远西深山中。白狐,人工饲养后放生,常出没于人居处所。

雁湖声韵

辛卯信步前海迎国庆

绿树风和水悦波，轻盈漫步入欢歌。
心随礼炮红花祝，眦目天宫巡月河。

2011 年 10 月 1 日

红岛蛤蜊节赶海

赤臂挽钩喜洋洋，悄然觅路漫滩忙。
埋头探迹频寻找，挥汗弯腰还理裳。
双脚缠浆坑陷进，一声呼唤众人帮。
不求筐满口盈惠，浸润自然沐海香。

2011 年 10 月 26 日

游 历

中秋畅游二龙山

欢声笑语二龙游,野色岚光碧水幽。
曲径流香情慰月,蝉稀暑退韵来秋。

2011 年 9 月 10 日

宫家村葡萄节

毛公山下漫华林,无际葡萄碧叶荫。
千架繁枝红乳坠,万棵浓穗紫球沉。
亲朋故友虬根趣,近客远宾醺露频。
车水马龙珍瑙去,满箱盈篚玉脂拎。

2011 年 9 月 1 日

神游桂林四首

（一）

金秋会桂林，吊脚看连楼。

山水甲天下，黑姑三姐留。

城峰独秀俊，溶洞入江游。

狗肉番茄炖，举杯青岛酬。

注：桂林民俗，姑娘以黑为美，朋友称狗肉，番茄称毛秀才。

2011 年 8 月 25 日

（二）

一路漓江尽兴游，连山绵立碧新秋。

峰峦展动追光彩，纱雾乳峰羞掩头。

鸭聚翻潜鱼戏出，水泼欢笑奋哞牛。

岸竹青翠迷人景，筏上载歌情入舟。

2011 年 8 月 26 日

游 历

（三）

两江天意牵，独汇象鼻山。

波涌桃花过，浩泱碧水连。

观筏鸭戏处，展翅捕鱼欢。

欲却行装累，撑篙来作仙。

注：两江，漓江与桃花江在象鼻山交汇。

2011年8月27日

（四）

藩王慈禧今安在，府邸仍依独秀峰。

太岁像前虔礼拜，将军游客太平中。

注：将军，雕塑把门之神。

2011年8月30日

题钱老黄山风光照

缭绕峰间雾,氤氲岭上飘。
云烟盈百里,明灭动天潮。
    2011 年 7 月 11 日

赴鞠哥济南新居

葱山傍绿水,胖嫂定新居。
邻里夫妻伴,香馍钓鲫鱼。
家鸡牛肉炖,村野菜新蔬。
主客融情乐,归真若返朴。
    2011 年 8 月 22 日

醉泉城二首

(一)

水中绿柳品茗趣,几上鲜荷馨紫壶。
潹暑无思偎碧海,可人尽醉大明湖。

2011 年 8 月 22 日

(二)

难忘泉城故友家,得瞻珍宝见精华。
终尝鲁菜嫡传艺,遍啜香茗醉老茶。

2011 年 8 月 22 日

题钱老云南摄影力作元阳油菜花、梯田照

奇葩阆苑人间少,瑰丽斑驳天上骄。
震撼神工雕彩画,叹服绝技令魂销。

2011 年 7 月 12 日

采 花

众芳国里花如海,集美丛中人似潮。
五彩纷呈能障目,孤意寻宝可折腰。
人云即和胸无主,犹豫徘徊枉费劳。
专注采撷明奥妙,宁心静气抱天娇。

2011 年 6 月 25 日

云南丽江

古地纳西靓丽江,恰如金妹俏端庄。
近年作嫁为人妇,着意娇情新换装。
严厉公婆多变脸,乖媳融洽意舒张。
远宾倾慕连连至,尽醉悠闲静谧乡。

注:金妹,云南纳西族对年轻女子的昵称。

2011 年 6 月 25 日

胶州湾隧道、大桥建成并和友人韵

隧道大桥通,鲲鹏展翅容。
九霄而上去,潇洒续文明。

2011 年 6 月 25 日

雁湖声韵

前海雾

海边风景秀,春雾闹无端。
非雨却钻项,未风偏护颜。
匆忽阻慧目,明灭带轻寒。
游客成新貌,友朋俏比妍。

2011年6月10日

题崂山劈石口

苍山掩黛连天际,川壑生幽映俊雄。
鬼斧劈石莲瓣秀,神工削壁俏峰容。

2011年6月8日

游 历

青岛缘

龙珠偎碧湾,灵秀枕崂山。
恬静蕴淑气,沛然育紫烟。
红瓦连绿树,楼色浸晴蓝。
四季展明媚,常年生计安。

2011年6月15日

樱桃乐

展枝绿叶万般红,翘脚垂涎三两翁。
上扯下拉难入口,左摘右捏欠轻功。
失衡大意身轻抖,惊诧向前勇弟兄。
难忘葱茏尝烁烁,当忆盛世味玲珑。

2011年6月11日

又赏泉城

天交盛夏奔清幽,地涌古泉绕翠流。
万品荷花娇绿柳,一湖山色润琼楼。

游 历

青岛崂山太平宫

沧桑阅尽千年寺,古朴超然万岁松。
兴望狮峰初日旦,欣闻峦畔太平钟。

     2011 年 5 月 18 日

云台山红石峡

阳春三月共登攀,胜景万端入眼帘。
阵阵欢声峡谷路,啧啧笑语画屏山。

     2011 年 5 月 2 日

白洋淀

流云一片淀中帆，潋滟碧波漾幼莲。
醉客泛舟鱼戏乐，谁人相顾水连天。

2011 年 5 月 2 日

大　寨

兴高登上虎头山，寻觅当年大寨田。
苍郁葱茏坡岭密，五颜六色墅楼连。
精神永贵丰碑立，发展凤莲硕果妍。
众望千秋延伟业，奋发万代继真传。

2011 年 5 月 2 日

赞红旗渠

震撼心灵红旗渠,福临万代大功煌。
艰辛凄苦崎岖路,奋斗巨书镶太行。

2011 年 5 月 2 日

兴 至

正是雪花飘,品茶香气缭。
谈文兼论道,小酌更逍遥。

2011 年 1 月

庚寅初雪

晶莹一片白,踏雪畅心怀。
炉火谁家旺,茗香诱客来。

2011 年 1 月 10 日

十八寨风景保护区

幽深葱翠谷,蜿蜒青石路。
鸟兽喧溪口,人催忘归处。

重过江西婺源李坑村

白壁黛瓦墙马,小桥流水人家。石道砖雕状元,耸檐参差,官商立见高下。

注:北宋以来,该村出高官、富贾百余人,南宋武状元即该村人。

2010 年 4 月 14 日

崂山云

黄山多赞云中海,青岛奇观海上云。
蒸腾卷日舒长臂,拨开碧浪晒龙鳞。

前海漫步

前海景观日益新,高楼如笋势如林。
不知哪座摩天厦,牵梦秦城南冠人。

过三峡兴山县明妃故里

昭君生长宝坪村,远代衍传后继人。
门第书香亭榭立,稚囡睿智巧为文。
前朝显贵碑书在,舍己和亲国睦邻。
繁盛故乡非嫁日,三峡更慰夜归魂。
2010 年 4 月 10 日

游 历

匆行神农架

幽远神农架，沧桑板壁岩。
高台威仪祭，肃立铁肩杉。
茫茫古林海，憨憨俊丝猿。
野人残印迹，真切入天然。

2010 年 4 月 10 日

三峡咏

大坝巍峨水漫天，人望三峡蚁见山。
电资航利充国帑，防洪减灾半壁安。
世界前茅伟绩立，富强彰显气豪天。
先人樽告高峡志，神女仰头展笑颜。

2010 年 4 月

雁湖声韵

九曲溪漂流

碧溪九曲水连湾,玉带绵绵漂小船。
两岸鸟声啼不住,沙渚白鹭往来欢。
峰回路转迷峦岭,游子动览水上山。
惬意融融宁静路,童心满满似神仙。

友情

YOU QING

友 情

念挚友

莫道阴阳两茫茫,梦醒似幻费思量。
电闪双目照秋水,洞明人情任舒张。
英姿秀逸春风面,洒脱不羁足倜傥。
言传身教不辞苦,救死扶伤德艺双。
犹记畅饮通宵夜,吞烟吐雾到朝阳。
思君梦君不接言,恸极不忍见未亡。

注:友系德艺双馨的神经内科专家。

2010年4月

如梦令·碧海映天仙境

碧海映天仙境,绿霭蕴连神圣。娇子朗朗声,才展墨情相赠。荣幸,荣幸,儒雅陶冶灵性。

注:于海大鱼山校区刘文浩院长雍谦斋获墨宝。

2013年5月5日

端午和友人韵

烟雨飘渺雾蒙蒙,忠魂屈子情悠悠。
慢品雄黄忆旧事,吟咏离骚慰楚囚。

2010 年 6 月 16 日

重阳聚会记

重阳聚会胜登临,笑语交谈不老心。
问候融情嘱保重,举杯噎酒少一人。

友 情

问 友

衣锦还乡,何日归青?
寒冬已过,春意渐浓。
良种播撒,正当用功。
坎离艮兑,当舞春风。

2001年2月20日

庚寅中秋奉父挚成恩兼怀征沛

惠书馈赠父挚贤,无晋寸功报寿安。
恭奉后生羞赧语,长邀耆宿共婵娟。

贺友人

喜鹊登枝捷报传,新春已近贺升迁。
英才适志履新任,鸿渐健强自辟天。

2011 年 1 月 19 日

送那女士移民新加坡

齐鲁出发地,异域憧憧心。
欲往狮城去,帆都祝贺人。
他乡善作主,落地非为宾。
离合寻常事,万里还是邻。

二月二赠友

春寒料峭乌云绕,涌动潜龙带雷鸣。
满志踌躇行路客,谦恭蓄势赴远程。
2011年3月6日

故友逢

天文地理话题新,谈古论今道蕴深。
茶倒频频贪夜酽,融情侃侃忘年人。

偶 记

慎独不是束,相聚亦非群。
自信通达际,知行大可人。

勉 友

三更灯火五更鸡,廿载业成一世基。
秉志盛年无限路,从容信步向新期。

2011 年 6 月 3 日

友 情

观中韩文化交流展有感

春光沐浴主宾融,文化交流意共求。
相异语言生趣事,追求艺术再登楼。
                    2011年6月

邀　请

平仄似开窍,何能喻钓鳌。
启蒙才上路,学步渐登高。
                    2011年6月3日

偶 感

一年倏度未荒唐,四季惜时词句忙。
凑句竟然成百数,成章惶恐露荒腔。

为青岛文登路小学八一级同学聚会作

岁月三十载,光阴半世华。
相拥追旧貌,漫记稚童伢。
窃语酸甜事,高杯祝奋发。
尊师情义至,桃李报恩答。
珍宝金兰聚,融情多练达。
相期缘再会,却忆此时霞。

2011 年 8 月 16 日

致 友

望君抵制虚浮气,劝勉珍惜盛世时。
英气雄心勇探索,良机莫失悔之迟。

2011 年 8 月 22 日

答友人

赏月中秋贯古今,连绵细雨玉蝉吟。
昏昏三日唯情系,天际一潮随伴琴。

注:恰值杭州钱塘江大潮。

2011 年 9 月 15 日

答友问询

乐恼含孙两件事，趣翻书册二三行。
可赏杯水如名淡，亦品秋茶比酒香。

2011 年 11 月 27 日

二月二狗肉朋友聚

龙头抬旺气，小沽聚影春。
狗肉热良友，茅台香故人。

注：广西将好友称作狗肉朋友，借意交友以诚相待。

2012 年 2 月 23 日

不其①新葩

——赠青岛特汽集团

古城崛起现辉煌,特汽焕然佩靓妆。

俊逸爱师②求索路,昂扬阔步一儒商。

注:①不其,音不基,古县名,乃汉代所设置,治所在今青岛城阳区范围内。

②爱师,全名纪爱师,青岛特汽集团董事长。

2020 年 9 月 26 日

与友共约

阴翳伴生日月光,胸襟坦荡纵舒张。

揽南天际抚云霭,援北斗兮酌桂浆。

2012 年 5 月 15 日

谷雨会

——记徐书记等老友相聚

平安盛世正春深,陋室盈情故友临。
缭绕茗香生妙笔,草飞篆舞画传神。
笑谈五帝三皇事,漫绘千姿百态人。
砥砺前行催奋进,取长补短忘年心。

2011 年 4 月 19 日

春燕归城

朝舞翩翩若有思,夕飞碌碌似择栖。
穿梭陆离凌高碧,翻梦空梁落燕泥。

2013 年 4 月

光阴度

哄罢外孙聆妇腔,展茶杂艺伴烟枪。
诗思才入响微信,出门侃山茅店长。

2013 年 6 月 8 日

读唐诗王维《送秘书晁监还日本国》

屿岛云遮日,棹帆天定风。
波涛连暗涌,何载复晁翁?

注:摘王维原诗:"向国唯看日,归帆但信风。鳌身映天黑,鱼眼射波红。"

2013 年 6 月 22 日

践行杂言

承得起轻重缓急,放得下烦恼自欺。
算得到诸事难顺,做得完日结务息。
看得破人情冷暖,搬得开妒忌多疑。
读得进典书世故,立得住真性良知。

      2013 年 8 月 16 日

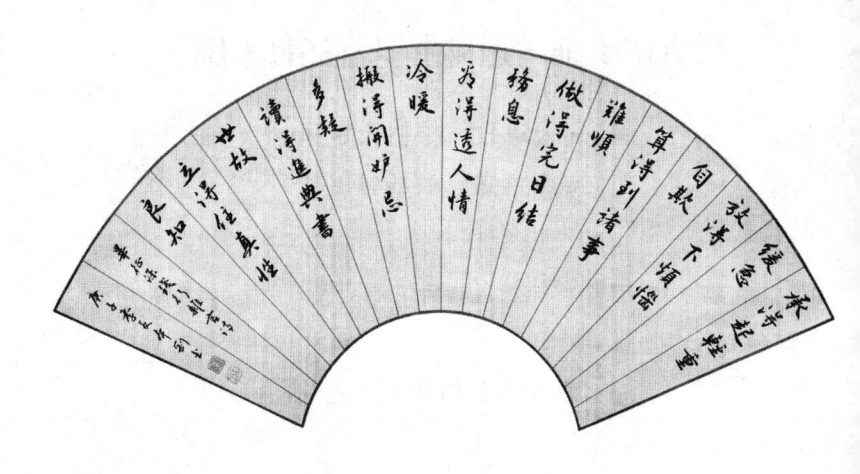

黄岛相聚老友

岁月相催青壮颜,金秋一聚续前缘。
融情热抱寻羞面,尽醉坦诚如过年。

2013 年 8 月 22 日

四位老友来电问候即赋

崂山故友欢相聚,多忆共经工作狂。
十载有思谋未面,轮番通话叙衷肠。
马年虚岁七旬到,频嘱健康心态良。
诚荐酒茶尊养寿,垂涎家宴纵鲜香。
虽临浮世纯情显,阅历时光真念长。
留得善良心地在,始知交际古松常。

注:四位老友均系原在崂山的同事。

2013 年 12 月 30 日

酒　缘

酒过三巡渐壮言，歌行百通意犹酣。
靓陪惹得真元动，有客弃家高日眠。

2013 年 12 月

小　聚

佳肴醇酒纵情柔，圣手名家醉古庐。
笑语丹青神入韵，琴歌助兴碧连珠。

2013 年 12 月 10 日

友 情

老友少心

党少云先生酷暑挥墨,汗流浃背,更畅意快活,短信传来画面,倍感振奋,即记之。

洗砚高原抒快意,展才山水更堪豪。
老翁仍负少年气,风舞河川把暑消。

2018 年 7 月 23 日

共 勉

巷语村谈何足论,流言蜚语尽风尘。
功成常有麦城失,大业从容不迫人。

2017 年 9 月 4 日

为李本刚老弟赠墨宝而作二首

（一）

开轩迎故友，洒墨展书魂。
墅色鳞波蔚，岚光诗意纷。

（二）

孜孜书法路，夤夜昼时长。
执着追完美，融情共炎黄。

2019 年 3 月 10 日

友　情

家燕归二首

（一）

故友已归来，孑然俏丽身。

翻飞寻旧伴，补垒护初心。

纤柔昭美德，敏慧蕴坚贞。

孜孜梁上燕，浑噩梦中人。

2018 年 4 月 8 日

（二）

忽日喜登门，成双偎故台。

虽疑非旧伴，愉悦醉心怀。

转眼四新乳，口黄盲目开。

初飞偶落地，联袂护崽来。

2019 年 6 月 4 日

雁湖声韵

老同事聚首

老友呼相会,珍馐叙旧缘。
各忙欢聚少,畅诉慰心田。
容面沧桑色,身肢小碍添。
寒来催暑往,追忆味尤甘。
公务嫌时短,再程路更宽。
影移思故伴,嗟叹有长眠。
共盼人康健,春光永灿然。

2016 年 12 月 14 日

感 怀

故人际遇何曾密,今友往还行渐稀。
岁月从容纷万绪,晚霞着韵味独迷。

2016 年 5 月 5 日

万里江茶场送别孙善民

茶乡曾送别,相会又逢春。

茗品诗书艺,翩然追梦人。

注:一诗赠崇焕、新军、立卫、济众诸弟。

2018 年 4 月

深春小酌

推杯换盏,彩韵流霞。

纷絮花语,挽春驻华。

2016 年 4 月 24 日

入 秋

慵夫散漫懒成句,意爽天然轻得秋。
夜月星光留伴影,鳞波耀日欲泛舟。

2016 年 8 月 28 日

友赠柘根手杖

如意随形灵妙杖,得心应手乐天人。
登高抖落风尘路,行远霞开五彩云。

2015 年 4 月 25 日

陪北京书法家孙善民先生作客青岛万里江茶场

薰风邀远客，茗韵纵幽香。
近水楼台月，虔情万里江。

    2015 年 5 月 29 日

赠善民

山川广袤几泉水，书海氤氲何处云。
五体墨飞潇洒意，善民伫立古风存。

    2015 年 5 月 30 日

城阳饯别善民

诗飞龙墨舞,茗品尽言欢。
把酒长亭宴,催杯何日还。

2015年6月2日

兴 至

醉翁无涉酒,偏向动情浓。
热忱交杯语,宜彰万里行。

2015年6月2日

友　情

送友人

同嗜无分隔，灵犀一点通。

倾才歌盛世，奇艺焕精英。

2015 年 7 月 28 日

舐犊情深

TIAN DU QING SHEN

投医北京十首

外孙女患先心，今年五岁整，是手术最佳年龄，慎重对比选择后确定投医北京阜外医院。原拟姥姥姥爷带外孙先去北京做基础铺垫，待做手术时其父母再前往处置决断、护理。可运机缘顺，通知入院即手术。时其父母来不及赶到，术后又封闭监护，不得接见，直到出院回青，全家才得欢颜相聚。

来去共十九天。恰恰这十九天的来处是出自五岁幼女在挂号尚无着落、大人焦急万分的情况下的随口之言，真可谓谶语。时光荏苒，崎岖波折，心路凄欢交集，人情挫磨，感慨良多，故韵语记之。

（一）送行

招手嘱别离，点头暂送行。
恸情相寄重，共念度新生。

（二）投医

赴京疗疾意迷茫，访拜咨询投路遑。
排队人拥如热蚁，验查繁复更牵肠。
共瞒焦躁慰灵女，相待赤心庆友良。
忽告明天能住院，媪翁悲喜泪流长。

（三）谶语

无序蝇头昏地天，东来西去嚣无边。
解嘲戏问小灵女，能待几时哪日还？
迷眼歪头持重相，概称十九若当然。
大人努嘴附一笑，鬼使神差成谶言。

（四）入院

辛劳有报终成果，亲友穿梭筹备忙。
无顾灵囡停搅闹，埋头束理选衣装。
与妈淡定长通话，仪态从容辞旧床。
独住病房谁失落，媼翁空境动凄惶。

（五）签字手术

专家矜持一席话，老泪纵横五载间。
血汗身心憔悴面，两千日夜盼今天。
不挂手术险重重，何计后程路巉巉。
大义坦诚行世事，好人有保尽平安。

（六）手术

徐徐门闭上，何物堵胸腔。
忐忑无依处，时针心转响。
撕肝又裂肺，恐惧且彷徨。
护士平安报，踊前难阻挡。
病房拒相见，呓梦夜绵长。

（七）术后中秋夜寄语乡亲

无奈相隔千里远，同心三代四方牵。
遥知无济卧床女，更觉呜咽月声传。
明月慰人消恙去，星稀盼解惴心欢。
神随谶语平安祝，意度光华焕笑颜。

（八）封闭监护八日盼

辗转不眠夜，联想翻侧时。
漫摸人不在，却欲摄身衣。
夜半床头坐，梦闻咽涕稀。
饭汤口少味，话语变声低。
望眼东方旭，念催轮转西。
耐心撑寂日，情盼两欢依。

（九）出院

离送时难接亦难，稚囡才历烈霜寒。
形神羸弱人凄婉，热力相拥不胜言。
孤处八天嗔舍弃，依偎湿目意绵绵。
声声呜咽渐欢泪，蜜蜜磨缠尽续缘。

（十）归青

夺路飞心高铁慢，欲穿望眼站台匆。
忽通方便早知果，亲见才开久郁胸。
热汤忌伤新创口，话长惮退护求功。
团圆终聚归完女，尽悦融情慰媪翁。

2013 年 9 月 28 日

弄孙谣八首

（一）

老朽把孙抱，扭头说不要。
眼睛直瞪着，咧嘴带怒笑。
实在不得解，免羞惬意闹。
外婆道破底，烟臭谁还靠。

2011 年 6 月 18 日

（二）

抓吃意正欢，米粒挂腮前。
忽而歪身起，呀呀盘里餐。

2011 年 6 月 18 日

（三）

好动往来窜，抢鞋大的穿。
脚拖身下倒，小嘴能噘天。

2011 年 6 月 18 日

（四）

家无会客潺天闲，汗背如流释雅观。
孙绕毛毛前靠近，折回又把面巾掂。
喃喃淌水不干净，漫漫摩娑稚意甜。
妪乐直夸乖顺女，翁陶性善本初然。

注：毛毛，孙女时刻不离之毛巾。

2011年8月7日

（五）

蓦然不见大昀影，果去绿丛树叶多。
野性渐添浑不顾，坎坑陡僻玩穿梭。
百般施尽了无计，小脸泛红奈我何。
气喘赢来两尽兴，祖孙拥抱蜜厮磨。

注：大昀，外孙乳名。

2012年4月1日

（六）

外孙茶几作画，拍照有感。

鼻间一块青，膝盖血痂红。

小手任挥笔，稚脸专注情。

童心涂漫画，颜色有分明。

作罢遥眯眼，随形惬意生。

2012 年 9 月 2 日

（七）

送罢外孙血压高，号呼哽咽耳边缭。
翻新花样蛮无赖，恼乐难持少惯娇。

2012 年 9 月 3 日

（八）

拥抱两相挽，斜辉沐灿然。
扯拉新去处，缰脱小公园。
媪翁盯球动，乳顽争脚窜。
绿连童气乐，林透夕阳欢。

2013 年 5 月 20 日

示 孙

门头沟畔恬金秋,得遇贵人弘运流。
天命充盈灵慧女,当承大义报恩候。

2013 年 9 月 24 日于北京

冰糕情

妪愠掷冰糕,翁怜忍妇叨。
垃圾箱里取,孙女乐陶陶。
咂嘴娇眉逗,坦然奶絮教。
融情都是理,爱子怎为高?

美好時光何可等手複美蕭穀平安

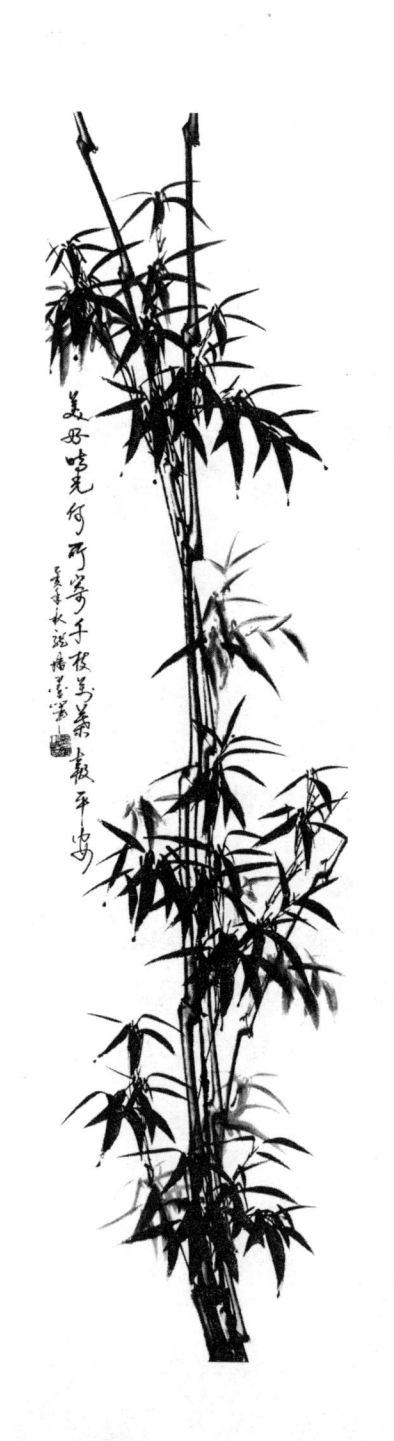

醉花阴·网奴愧（二首）

（一）

迷恋网络连岁月，多少时光废。聚散不搭腔，各自头低，寡僻如僵醉。冷漠身心情变味。事业家庭愧。社会满生机，束束无为。落魄何安慰。

（二）

淡定生活枉自度，浑染新一辈。放纵透支中，温水青蛙，引洒他人泪。沉浸虚拟终不悔，御驾心灵碎。网络病毒癌，良性无依，大厦摇摇坠。

2013年4月28日

天净沙·超脱

手机融入千家,性能荟萃精华。
魔力神通广大,超脱驾驭,欣然锦上添花。

2013 年 4 月

天净沙·怪象

择工畏重能差,衣食白住嫌狭。有技昏天上网,冰情冷血,断肠人是爹妈。

2013 年 5 月 10 日

手机乐

昵昵手机娇,依依难离我。
缤纷人世间,绚烂观网络。
亲友交流欢,融情屏幕乐。
求知江海洋,才展雄心越。

　　　　　　2013 年 4 月

红楼思

十年辛苦红楼寄,百载忽生网络痴。
宝黛翩然今世恋,雪芹续梦动何思?

　　　　　　2013 年 4 月

游戏迷

网游连梦魇,胸臆寄云端。

幻漫纷繁处,阳刚何日还。

2014 年 5 月 2 日

上网随记

少年即现昏花眼,而立奈何麻木肩。

痴梦搜狐网上事,遗珠弃璧尽茫然。

2014 年 5 月 10 日

网　瘾

网瘾松张以忘形，埋头不语玷文明。
时光渐逝情何去，冷漠飘零魂野行。

2017 年 12 月 18 日

茶趣
CHA QU

咏 茶

五行水火木金土，茶色黑白红绿黄。
会有能工巧慧手，炒来露叶自凝香。
性分凉热各为益，发酵温寒靠品尝。
醇润甘滑享五液，灵神驱秽赖琼浆。

2011 年 6 月 15 日

白 茶

闽北闽东地，白茶是故乡。
青白微带绿，表外透茸霜。
浅淡是酒色，甘醇滋味长。
银针与牡丹，名气安吉扬。

雁湖声韵

黄　茶

历史黄茶久，叶型如往常。
制成工艺殊，精细在闷房。
滋味清醇忆，氤氲芳气香。
品高别具韵，汤色带微黄。
莫走猎奇路，平心去啜尝。

2011 年 6 月 16 日

颂　茶

骨系天成丽质生，格高如玉古来宠。
清幽胜境可人意，奇妙通灵雅致兴。
非是娥眉涀粉黛，俗风衍化韵无穷。
流香袅袅沁心脾，美德新茗不了情。

2011 年 7 月 30 日

饮茶对联

一壶煮遍名泉水,七碗品全各色茶。

2011 年 7 月 20 日

茶 风

五谷初生日,神农百草尝。
通灵茶药性,延命可仗仰。
陆羽尊茶圣,卢仝入妙行。
唐朝兴盛后,茗重渐传扬。
美誉声名起,虔诚贡帝王。
官民情共系,尊卑注芬芳。
七件开门事,烹茶总列榜。
应酬三必备,冲泡雅俗香。

2011 年 7 月 25 日

述 怀

寻得源头纯水清,烹诗心境煮茶情。
遐思更比茗香远,洒向遥天述晚晴。

2011 年 7 月 31 日

茶 道

入世精神出世情,遍尝甘醇细品茗。
若求识得源香味,有道如茶静字灵。

2011 年 7 月 31 日

品 茶

阁楼兴致海连家,高牖昭昭采晚霞。
揽得清风生两腋,捧来紫壶沏新茶。

2011 年 7 月 31 日

茶　功

莫言雀舌苦加涩，细品馨甘胜蜜萝。
脏腑澄清双目亮，提神养气镇疲魔。
一说性热醺脾胃，二和功能除腐浊。
三位勇称消酒醉，四称伴舞壮情歌。
张说豪饮为驱渴，李主清幽细品酌。
王曰紫壶增色味，赵持玻璃看杯泽。

茶　室

淡雾轻盈润岛城，琼楼绿树绽春容。
殷殷丝竹茗香里，小室德馨惬意生。

2011 年 8 月 23 日

无 题

西欧偏嗜咖啡贵,东亚饮茶为快活。
南部红袍龙井萃,北方茉莉尽杯萼。
秀出华夏茶源汇,香透标格恩惠多。
工艺高超摇百类,任享天赠趣挑择。
感随意转情生韵,气势机缘兴碧波。
识得其中真奥妙,茗心会意地天合。

2011 年 8 月 5 日

新购紫砂"汉壶"

优雅紫砂光,古拙韵朴庄。
妙哉融汉趣,姣矣尽轩昂。

2011 年 10 月 2 日

咏宝葫芦壶

惟妙肖葫芦，神奇凝紫壶。
雍容圆大度，寓意禄多福。
隶字镌糊涂，分明哲理书。
纷繁杂世事，静品把茗读。

    2011 年 10 月 3 日

晨曲紫砂壶

凝神息翅似栖梧，凤卧案几思展图。
缭绕茶香灵气振，钟情晨曲奏茗壶。

    2011 年 10 月 4 日

题高红娟女士润竹提梁紫砂壶

壶宝雍容品逸群,提梁醇美韵通神。
流光紫溢大师技,灵气充盈竹可心。

注:高红娟系宜兴制壶大师朱可心关门第子。

2012年1月2日

菩提壶

简洁平易惠端庄,天籁纯良素雅光。
怡静茶禅谐淡远,随缘一味共流芳。

注:2014年5月,江苏宜兴市政府代表团赴台文化经济交流。台湾高僧星云大师会见时,高红娟老师敬赠黄金段泥紫砂壶一把。定名菩提壶。大师动情笑纳,连声缘分,老友佳作,荣幸亲睹风采,感慨良多,遂韵语记之。

茶　语

草木岁枯荣，人生一世间。

从容迎雨雪，勃勃载春颜。

馥郁茶芳远，馨香德沛然。

静幽茗韵趣，淡却市朝喧。

2018 年 5 月 20 日

题瓶象眉纹歙砚

雍容华贵老坑粹，端秀纹眉歙砚瑰。

欲映太平盈大气，云环生墨笔神飞。

雨夜茶趣

细雨洒窗情堪迷,微声入韵渐依稀。
悠然徐泡今春叶,静谧轻吟唐宋诗。

2015 年 6 月 25 日

沉思
CHEN SI

记乔冠华章含之之恋

十年乔木锁寒枝,才子依依丽女痴。
不在融情相恋短,倾心月下彩虹时。

2013 年 6 月

青岛海边漫思

碧海蓝天鸥戏浪,红瓦绿树黄染墙。
恍如一夜蜃楼戏,参差高楼春笋长。

2012 年 7 月

雁湖声韵

青岛商品房

商品房起片片连，工薪百姓总无缘。
万家拥挤如蚁居，一室促狭胜蜂眠。
有权豪宅蛛结网，无钱老屋雨洗脸。
虽说贫富寻常事，也要留些子孙田。

2012 年 2 月

自嘲心态

居宦推杯难自已，为民换盏易成习。
无邀蹭约饰光面，等类齐人虚赴席。

沉　思

犬死鲜闻

　　报载南方某城，狗被轧死，富人强索五千，肇事青年无钱，无奈而违心跪地一小时以偿债。

　　富逼交债气凌昂，贫跪无钱意惑惶。
　　无价有值能作抵，是非人性自称量。
　　　　　　　　2011 年 1 月 16 日

日本地震

巨震狂涛核泄患，万端惨烈几重哀。
苍天有道何为难，大地载德怎作灾？
　　　　　　2011 年 3 月 17 日

自　嘲

全家逗乐笑无耻，哪见古稀胡作诗。
知否养生无限乐，难说痴傻墨临池。

六字感言

时间就是金钱，奋斗堪称箴言。
如若功成事就，可攀名利双全。
再能康健达命，赢得忙中偷闲。
进取从容自信，共享一世美谈。

2011 年 6 月 25 日

心路多少

坦然处事多明路,心伎肯招拦道人。
无畏卓识当寡欲,笃实少语意潜沉。

> 2011 年 8 月 16 日

读古诗

多因愚钝读诗古,意境高深文法殊。
朴野窥妍几笑柄,心往醇美口喃嚅。

> 2011 年 8 月 23 日

遣 怀

休言天道桑榆晚,乐沐为霞向丽天。
无力经商趋富路,有情播撒种心田。

2011 年 8 月 25 日

万 象

酒绿灯红高尔夫,日韩料理旅游区。
随形如影夫妻少,蜜意成双伉俪如。

2011 年 8 月 25 日

西江月·斥丑

四海挑唆内乱，五洲假扮公平。
人权诡谲尽欺凌，灾祸世界元凶。
民主崇高何在？文明灿烂焉充。
中华成就誉生隆，野蛮必露原形。

    2011年9月2日

为袁隆平院士科研水稻新高产而作

赤子寸心丹，光珠耀庶天。
卧蛙歌丽日，蕊稻忆流年。

  2011年11月20日

满园花菊郁金黄，中有孤丛色似霜

冬至杂感

春秋醒目农时历,四季循环现代人。
大雪淡然成过客,冬节少趣又登门。

2011年12月2日

偶 题

中华崛起,赤子担当。
有序传承,文源浩汤。

2018年3月6日

初八喜雪

鞭炮续喧哗,银装裹素涯。
淡茶香趣事,浅酒晕飘花。

2012 年 1 月 30 日

自　励

笑对光阴催鬓痕,诗情时荡挽青春。
莫惭无奈卧床日,反愧虚浮一世人。

2012 年 2 月 8 日

偶 思

小记重庆原公安局长王立军因入美驻成都领事馆一日被审查。

一路拼博成果显,居功自傲致翻船。
光环荣耀瞬间去,私念之差如此惨。

2012 年 2 月 9 日

感 悟

人生在世尽荒唐,交若流云终散场。
试问得栖何处?心田耕种度天光。

2012 年 2 月 10 日

惊闻机场刺母

报载留日学生江某,在上海机场因索学费与母亲争执,竟凶狠地对其母连刺九刀。痛哉!

茹苦含辛慈母泪,凶如魉兽子儿心。
德行教化路何去,天义人伦道难循。
2011年5月18日

重看87版《西游记》随笔

玄奘取经成趣谈,师徒职尽大功圆。
八十一难震心魄,一路履坚醒世缘。
鬼怪妖魔行变幻,歹心恶意伴坦然。
无情偏注人间事,有道何为壁上观。
2010年2月10日

诗成二百首寄语

附雅两年一段路,诌诗独论半成瓶。
遣词难可心中意,造句方知师辈情。

      2012 年 2 月 24 日

拔牙记

 今日拔牙一颗,感慨良多。

老牙松动多添闹,心脏居然也罢工。
挚友今帮拔去了,旧情难却竟真疼。
庸常怠惰现遭报,犹豫彷徨一日空。
笃信知行真义在,和合执著占春荣。

      2012 年 2 月 24 日

人心万象

婴幼含饴珍宝宠,富家择校望成龙。
未曾就业房车备,何怪儿孙一笑轻。

     2012 年 3 月 14 日

人间万象

老父俸薪夸万金,公平相待子儿均。
孤羸度日行节俭,不是分钱难见人。

     2012 年 3 月 14 日

自　律

无穷名利无穷根，有限光阴有限身。
该作当前该作事，可为一世可为人。

2012 年 8 月 25 日

初六喜雪

静静新春骚雅兴，飘飘白雪悦欢情。
徐徐洒落浑无语，缓缓润滋迎色青。

2014 年 2 月 5 日

处　世

攘攘为生计，熙熙奔私忙。
声名人所欲，富贵炫辉光。
贫贱人烦恶，横财惴祸殃。
时空多变换，机运纵难当。
得失瞬间事，远路尽苍茫。
欲贪心桎梏，窥破性灵张。

2014 年 1 月 10 日

偶　成

拼句成篇谓曰诗，附庸风雅自心知。
跻身当代懒装面，情系宋唐身旧衣。

2014 年 2 月 6 日

《关雎》思

对对雎鸠嬉渚中，行行荇菜水悠悠。
芼之择采美淑女，寤寐思服君子求。
琴瑟韵盈无际乐，人伦衍续盎然秋。
诗经璀璨此为首，天性昭彰万古流。

2014 年 3 月 14 日于城阳

为老伴七十四岁生日而作

岁年不觉古稀中，风雨同舟影伴形。
默默操劳家事顺，殷殷扶助子孙行。
满腔赤热人间恋，一路从容天道平。
蚕茧蓄丝金缎美，烛光涓滴向心红。

——二〇一九年腊月廿八

清平乐·贺好友 70 华诞

别来古稀,音旧貌如一,山河无垠透青衣,草木逢秋萋萋。肃杀不损韶华,芳华伴行天涯,故国千秋朝霞,四海同心一家。

冬恙春愈

堪若堤穴溃,补牢似已迟。
骨肌如散架,元气奈何之。
终唤春风起,茁芽萌绿丝。
葳蕤岂待日,激越展新期。
2015 年 4 月 28 日

七十生日记

风送雨催雪,小寒应节还。
生辰偏计数,岁迈古稀年。
历尽沧桑后,襟怀自展宽。
春华昭百类,夏绿伴红残。
四季流光远,八方机运圆。
权名终有度,胆识践尊严。
淡泊非失志,担当任自然。
日升星月趣,微命诞天缘。

2015 年 1 月 6 日小寒

白领业态

凌晨临榻有称早,正午收床无笑迟。
竭虑公关超荷日,奔波酬作透支时。

2015 年 8 月

焉民偶成

去日苦多如早露,来年无少若霞红。
浮云吸入焉一斗,书海升腾曲半声。

注:焉,烟字谐音。

2015 年 5 月 30 日

随语养心

人间际遇止无休,福祸倚伏始而周。
得失在心机运动,知行合一信当求。

2019 年 4 月 20 日

展会论刊意评（打油诗）

ZHAN HUI LUN KAN
YI PING

世博开幕式

世博一百五十年，历次展览多汗颜。
华夏扬眉吐气日，红旗飘飘泪潸然。

2010 年 4 月 30 日

记世博开幕式

火树银花不夜天，浦江两岸舞翩跹。
明珠上海迎远客，涌动人流鼓瑟欢。

雁湖声韵

世博开幕式外景焰火

如梦似幻上海滩,水火交融两桥间。
彩蝶漫舞春江月,多瑙河奏夜花仙。
良辰美景唯此时,天上人间竞狂欢,
飞流直下三千尺,银河飘落浦江边。

世博印象

端庄清雅浦江边,浑然一体万国园。
导旗林立人为患,肤色变换参观团。
九时开馆怕迟到,凌晨早去更有先。
竟日匆匆情相迫,彻夜兴奋喜难眠。

2010 年 6 月 9 日

世博安检

群集数万望无边，人声鼎沸热浪掀。
交头接耳万国语，按捺激情侃大山。
大人摇头复伸臂，童儿顽皮腰腿间。
急急切切排队路，兴致勃勃望通关。

世博广场

分馆入口人片片，广场人流浪滚滚。
笑语曼姿盈盈女，器宇轩昂翩翩男。
柔气欢声痴情侣，少女总挽美少年。
爷爷肩孙乐融融，孙孙拍爷笑颠颠。
老翁推妪行蹇蹇，小女拥母乐甜甜。
你言我语百年梦，摇头点头一瞬间。
香肠面包聊果腹，相依小憩竟成眠。
拍掌挥手定来日，三五成群奔向前。

世博展馆

千姿百态迷楼馆,飞阁流丹醉雨烟。
流光溢彩装饰秀,人间仙境心潮翻。
创意独特启心智,机遇无限视野宽。
文明成果大荟萃,自然和谐福明天。

世博感言

美馆张扬重精神,英阁炫耀意念先。
亚洲各国彰历史,欧罗小国科技显。
法兰西画真品在,制造唯属日耳曼。
大洋诸国巧创意,朴质风情满眼帘。
精英联袂为代言,元首开馆造宣传。
矜持金发闪碧眼,纤指足驻中国园。
进园期览瞩意馆,出门心态各有天。
场馆尽显精华艺,文化差异美必然。
古今中外融一体,彰显文明萃多元。
明天生活更美好,世博主题城市篇。

青岛世博园

世界园博青岛煊，精华苑艺尽斑斓。
展览稀世珍奇宝，嵌尽人文恋圣贤。
坚忍不拔美创意，弘扬大计克艰难。
几年为用终成果，赢得五洲精品全。

      2010 年 12 月 29 日

灾过七日祭玉树

玉树地震夺亲人，撕心裂肺七日魂。
总理恸容拳拳意，举国救援效通神。
四方解囊有赤子，岛城爱心属微尘。
瓦砾虽平英雄地，断楼犹戒功力人。

读山西蒲县煤管局案有感

煤管局长当矿长,肥水不润邻家墙。
不用勾结本一体,他人财富莫逞强。
资源本是国家有,鼠辈何能窜栋梁。
似曾相识和珅事,煤官跌倒费思量。

桂花赏

吴刚捧酒九州回,金蕊玉枝拨雾霾。
环丽彩衣瑰宝落,珠英紫气翠华来。
轻黄染绿埋幽径,淡白流芳沁入怀。
仙境雅留沉醉客,馨香八月桂花开。

2020 年 8 月

贵阳九名警官被解职案感言（二首）

（一）

人事改革众所望，制度构建是滥觞。
反反复复多少事，坎坎坷坷终开张。
德才兼备唯本义，年龄错落有偏常。
妄顾实情一刀切，揽功推责搅混浆。
事涉大局休推诿，担责应把证据彰。
秉公执法道义在，举头神明任驰张。
要树权威伸正义，标本兼治勿彷徨。
政法根系社稷重，须防城破折栋梁。

（二）

或云改革是箩筐，魑魅魍魉枉断肠。
私恩施惠拢人意，欺骗公论日不长。
泛滥私欲逞淫威，岂有娼门立牌坊。
螳螂捕蝉或得手，孰料黄雀嘴已张。
尔方恃权强人意，他若专权尔遭殃。
贪官悔恨落马后，何不事前早主张。
曲意逢迎雕虫技，胁肩谄媚伟业殇。
广开言路酬大计，忠言谔谔国运昌。

北京"天上人间"被封（二首）

（一）

天上京都东四环，人间车水马龙旋。
钱权新贵趋若鹜，宠儿王孙迷乐园。
梨园新秀窈窕女，专业训练称粉团。
优雅清高四名旦，傲视睥睨更垂涎。
风姿绰约琴瑟妹，靓年酒尽名曲媛。
跪行服务解人意，恭敬念情笑甜甜。
秦淮歌女名虽重，时光倒转亦黯然。
商贾显宦怡然际，尊荣富贵尽彰延。

（二）

天上人间神话传，当仁不让世界先。
路程虽远多光顾，握权官员更留连。
钱权交易本真意，资本运作拢财源。
富贵联手勾栏院，政商交结玩特权。
高层警官曾被打，封停旋即重开盘。
交叉渲染先神秘，秘道消息魔力添。
轰动效应总有限，民心社稷求长安。
久旱盼来风雨至，但愿死灰莫复燃。

2010 年 5 月 23 日

重庆除黑

匪警一家费思量，为非作歹终不长。
灯红酒绿谁家地，冠冕禽兽属文强。

2010 年 6 月 16 日

感巴黎工人示威游行

变相歧视弥日深，忍辱包羞声气吞。
光天化日行劫掠，抗议呐喊奋人心。
讨回安全反暴力，挺起腰杆做汉人。
事发巴黎美丽城，人权文明何处寻。

2010 年 6 月 22 日

读文强伏法有感

行将伏法犹翻案,死到临头望命还。
阿Q临刑充好汉,文强上路羞黄泉。

讽文强

当年警界威风凛,近乎英雄除恶人。
孰料张匪绝命咒,十年应在文强身。

注:十年前,文强任公安局长破获黑社会张君诸匪,文强由此大显功名。张匪死刑前语文强云:"今吾死,十年后君必踏此路。"

无 题

报载丹东交警当街被刺，在众人注目之下又被割喉，且凶手从容从超市搬酒置之身旁也。

切喉索索恨何仇，酒傍血尸街当头。
惊栗横刀挥空境，哀哉麻木观众候。

药家鑫撞杀人案二审维持极刑

凌情疯子药家鑫，残若仿真机器人。
谁在控调行劣迹，货出哪企进何门。

2011年6月3日

雁湖声韵

北非变乱引思美"9.11"十年

世贸垮塌呈预兆,几年倏尔现萧条。
自由粉饰争攫利,民主乱图夺沃饶。
伪护人权兵刃动,文明暴力是非淆。
妄为有术强生益,不义难求数命高。

涉案轻生

灵性天生何自立,轻抛了断怎行魂。
只闻丢卒保人去,无见真神护柩来。
2011 年 6 月 15 日

烈 女

刊载父打工致残,截瘫三年,母狠意离婚。六岁幼女呼号追赶六里,母不回头。幼女回家后嘶哑之声向父声言"我就是妈"。翘脚煮饭大部不熟,叠凳喂饭,父声泪俱下,说甜。

　　嫩肩勇负千钧担,高义深情一气豪。
　　璞玉贤良贞烈女,当今二代几人骄。
　　　　　　　2011年6月20日

读日本森本利根画

　　造化生灵气,遨游翰墨场。
　　东瀛哲睿迹,天韵溢梅香。

西方武力涉政利比亚卡氏政权垮台

正义是非早混淆,无辜弱众倍煎熬。
文明三百杂虚伪,进化千年蛮未消。

2011 年 8 月 22 日

亚非战乱沉思

亚非十年兵事连,石油亿万是渊源。
矫称民主刀光舞,礼仪饰颜本野蛮。
明日遭殃谁多难,良知人性倍摧残。
冷观他处毁城火,回目池鱼防未然。

2011 年 8 月 25 日

南海闹剧

洋海浑流飞浪逐,剑光或接起狼烟。
何当潇洒弄潮儿,却逸从容烹小鲜。

2014 年 5 月 28 日

审 美

欢欣乞丐装,靓女探亲忙。
耆老翻疑旧,针连叹息长。

2020 年 7 月 4 日

德逐美谍

两盟国兮,间谍事兮。

孰不忍兮,愤所为兮。

忽反目兮,深所虑兮。

美理负兮,哓有词兮。

国有制兮,各有重兮。

万年事兮,俗为制兮。

既如此兮,何结盟兮。

风云会兮,互为用兮。

各为自兮,盟非信兮。

勾心斗兮,不厌诈兮。

实力交兮,永不患兮。

苟立国兮,章有定兮。

2014年7月11日

和风画意

HE FENG HUA YI

邢总姜山别墅雅集

五言古风

熙和数老翁，潇洒焕童心。
惬意竹篱下，悠然采菊人。
管毫生墨舞，词曲咏清音。
怡乐诗和酒，笑谈古与今。

注：邢总即邢新军先生，姜山是青岛莱西市辖镇。

2020 年 7 月 5 日

雁湖声韵

附：周继圣先生和诗

五言古风

翁媪聚古村，雅舍喜盈盈。
美酒香四溢，佳肴靓女烹。
醉后引吭咏，茶余写丹青。
胜友桃源集，姜山比兰亭。

2020年7月5日

和周教授《喀纳斯湖静思》

伉俪盘旋细语绵，青葱旷远雪拥山。
蛟龙潜影亲相伴，耀翅红鳞跃水天。

附：周继圣教授原诗

喀纳斯湖静思

镜湖倒映雪山颜，优雅天鹅交颈欢。
突兀琼瑶成粉玉，苍龙出水问君安。

2020年5月25日

鸿 雁

吟咏衡阳浦，盘旋北海旁。
往来灵性地，最爱雁湖光。

附：周继圣教授和诗

胸有鸿鹄志，翱翔越五洋。
寻唧珠玉返，更靓雁湖光。

注：华南盛产南珠南玉。

和周教授《题尚钧鹏春江鸭嬉图》

雪冰融化自然功,水鸭先知显性灵。
雄气满盈昭百类,冲凌潜觅带新风。

附:周继圣《题尚钧鹏春江鸭嬉图》

春江乍暖散冰凌,雄鸭飞离小圈中。
破浪深潜超电鳗,不图鱼蚌炫精灵。

四言步韵和孙善民

机缘相会，梦幻应时。
甲子轮回，二春始兹。
神来玉笔，邈汉情思。
胆识宏志，巅峰可期。
虚怀若谷，意萃金辞。
睿智风雅，士者如斯，
古稀三绕，历历可依。

2015 年 6 月 1 日

附：孙善民先生赠诗

未曾谋面已神交，幸睹风仪方眼迟。
良会解疑言妙理，清心达意惠新词。
与君一席肺肝语，胜吾三年莹雪姿。
愿随毕公研新韵，诗坛小树待新枝。

——孙善民鞠躬　2015 年 6 月 1 日

雁湖声韵

与画家姜涌唱和

一曲琴歌幽淡远,堪消秋雨释愁肠。
穹端漫远空山寂,日月可揽流彗光。

2015年11月6日

附:姜涌原诗

一曲琴声天地远,何须秋雨解愁肠。
半纸墨色空山寂,愿与沉香挽流光。

2015年11月5日

和孙善民诗《送青岛友人》

万端谐造化,千态待适闲。
一脉秋江水,三星夜月潭。

2015 年 7 月 7 日晚 11 时

附:孙善民先生诗《送青岛友人》

诗中师造化,物外寻适闲。
淡似秋江水,清如夜月潭。

2015 年 7 月 7 日晚 10 时

雁湖声韵

和马骏先生诗

人生一世处江湖,天宇煌煌一卷书。
河海山川雷共雨,阴晴风雪卷和舒。

附:马骏先生原诗

人生几处不江湖,鬓雪凝寒半卷书。
恍若花间前夜雨,西风草上不重读。

丙申寒食祭

清明归扫墓,径赴坟茔前。
过往音容貌,坡林烟火间。
阴阳何变幻,隔界两重天。
躬力添新土,倾情拜故园。

2016年4月3日于昌邑故地

附:李德平弟和诗

清明佳节思故乡,怀念故人心悲伤。
举目遥望出生地,低头泪水润土壤。

2016年4月3日

拜读崔世广书作有感

诗书有序现承传,笔力盈虚展动颜。
三晋余风经塞北,一篙春水到江南。

2017 年 10 日

"山妹"画

仪态从容恬淡含,山葩持重露娇颜。
凝神明眸远思意,流韵淳良尽自然。

2011 年 10 月 26 日

赏荷趣图

碧枝婀娜熙淡光，生机绕袅雅辉决。
心舟莫近轻荷绿，蜻女正临嫩蕾香。

    2011 年 12 月 22 日

水彩画记

绚烂靓姿雅，彝装绽丽葩。
倾情抒美好，谶女彩菁华。

    2013 年 7 月 2 日

雁湖声韵

欣赏爱新觉罗崇嘉画作

缘系前朝意未央,胸张热土信由缰。
神来御韵彩龙马,尽沐昊天丽雅光。
2013 年 9 月 15 日于北京

观王宁画作《春江花月夜》

谁家今夜扁舟子,何处相思明月楼。
葱郁连桥通幽境,伊人梦里伴君游。

附:周继圣教授和诗

碧空雾霭饰金盘,青影银桥化满弦。
桂树悄然栖港畔,吴刚美酒醉人间。

题徐丽雄狮画

飞掠山原穿莽林,擒狼驱豹护家群。
狂飙落定思新险,倦眼迷离蕴戒心。

2020 年 6 月

附:周继圣先生和诗

金鬃耸立刺苍穹,阔口藏刀鼻柱隆。
高屹吼号张怒目,慑伏百兽称王雄。

注:徐丽,画家,姜涌先生的夫人。

后　记

　　青岛政法战线上的老战士、老领导毕征深同志，将他多年来潜心创作的诗词精选结集，定名《雁湖声韵》，交由敦煌文艺出版社正式出版。我们作为毕征深同志的老兄弟、新朋友，怀着敬佩之心、学习之意，参与了诗集编辑出版的筹划事务。

　　我们的筹划事务大体有六项：协助作者联系出版事宜，整理诗稿，校勘文字，邀约专家撰写序言、配置书画插图、录制朗读朗诵音频视频。大家分工合作，各司其职，紧张而有序，高效而严谨，配合作者顺利而出色地完成了诗集交付出版之前的所有工作。

　　出版诗集一事在酝酿阶段，一众友人、行家运筹帷幄，献计献策，构想蓝图，设定目标。硬笔书法家邢新军先生，中国海洋大学信息化教学中心李百敏老师，书法家李本刚先生，青岛星蓝文化公司姜涌先生都奉献了自己的智慧，可谓"事前诸葛"。

　　文学评论家、中国海洋大学博士生导师温奉桥教授受邀认真仔细地阅读、赏析了这部诗集原稿并亲笔作序，洋洋洒洒数千言，点评精到，赞赏有加，洋溢着对作者的钦敬之情。

　　汉语语言艺术学者、中国海洋大学教授周继圣协助作者审看全部诗稿，并与作者就其中若干诗作的词句、韵格做了细致的推敲斟酌，使得这些诗作诗味浓郁、面貌一新。此外还亲自精选数十首上口的佳作，与朗诵名家青岛朗诵艺术中心王青梅副主任联手，由李百敏老师亲自执导，制作了高质量的视频音频。

书法家李本刚先生用金墨书写作者的《角兰古村赋》，由于文本四易其稿，书家也不辞辛苦四度重写，倾注了大量的心血。李本刚的诚挚之心、认真之态、严谨之风，令作者和服务组全体同仁感动不已。

姜涌先生负责为诗集配图，精心拍摄了高清图片，徐丽女士为之创作奉献了一幅高水平的油画作品《雄狮图》,威风凛凛、气韵滔滔，让毕征深与周继圣深受震撼，倾情吟诗唱和；画家董明老师为诗集绘制多幅插图，硬笔浓墨绘成的方寸画面，竟然风光旖旎、景物鲜活，为诗集增色不少。

邢新军先生与李本刚先生配合校对诗稿，二位虽已年逾花甲，但却火眼金睛，善辨微瑕，别字难逃遁，标点不容错。他们为保证诗集的字符规范做出了独特的贡献。

青岛赢信慧通教育科技有限公司董事长贺锦伟先生组织专业技师拍摄制作了高质量的诗词朗诵视频；青岛市硬笔书法家协会邢冬莲主任，青岛锦璨艺术培训学校王生森校长，融源·水岸书社宋鹏韬经理为拍摄诗词朗诵视频提供了设备、场地、后勤服务等支持。当代实力派书法家北京孙善民院长、黄土画派长安书画家党百庆院长高度关注诗集，孙院长还亲笔将一首诗作演绎成精美墨宝,提升了诗集的文化品味。王伟波、王秀海、毕威、毕成学、孙磊、李红、李发宁、李守勋、李希燕、赵继娟、姜浩、滕晶珠、张守成等好友也为诗集出版做了大量工作。我们向所有做出贡献的老友新朋谨致诚挚谢意!

在筹划事务过程中,各位不计名利,不辞辛苦,温柔敦厚,谦谦相对,互敬互学,如切如琢,君子之风吹拂,友好之情洋溢。大家以助人为乐,以精诚奉献为追求,无形之中,建立了一个文明和谐的微型文化圈。

同时,我们也透过毕征深同志的诗集窥探了他的内心世界,品赏了诗情画意,分享了谐韵佳声。这里引用他的小诗《鸿雁》:

吟咏衡阳浦,盘旋北海旁。往来灵性地,最爱雁湖光。

我们觉得,这是他人生旅程的真实写照。毕征深同志参军退伍后数十年来为青岛的政法、立法事业辛勤劳作、忠诚奉献,服务国民的同时汲取中华优秀传统文化的精华,退休后在他的"雁湖圣地",以赤子之心、精湛笔触抒发对党、对国家、对战友、对乡亲同胞、对祖国锦绣河山的热爱之情,值得我们敬佩。毕征深同志的文学实践,让我们这些步入老年的朋友很自然地要重温曹操的名言:

老骥伏枥,志在千里。烈士暮年,壮心不已。

《雁湖声韵》编委会
(周继圣 执笔)
2020年8月1日于山东青岛